Louisa

Best friends forever

Heidrun Päulgen

Coverfoto Pixabay

Herstellung und Verlag: BoD- Books on Demand, Norderstedt
ISBN: 978-3-7460-9616-2

Für meine Mädchen,

Paula, Jana, Nele und Frida

Unsere Zeit ist ohne Garantie,

die Liebe aber ist zeitlos.

Inhalt

Frida Otterbach

...„Und was macht Louisa?",

fragen Frida und ihre Cousine Nele die Großmutter, bei der sie zu Besuch sind. Gespannt hören sie zu, wenn Oma erzählt. Frida sitzt mit Papier und vielen Stiften bereit, um blitzschnell ein Bild dazu zu malen. Das macht sie mit Herz und Seele. Dadurch wird die Geschichte noch lebendiger. Weil das Freude macht, hat Oma sie aufgeschrieben, damit sie nicht vergessen werden.

Louisa und der schwarze Hund

Missmutig sitzt Louisa auf einer Bank neben dem Spielplatz. Die Schule ist aus. Oft trifft sie sich hier mit ihren Freundinnen Lilly und Mia, um nach dem Unterricht ein wenig abzuhängen. Doch ausgerechnet heute haben die beiden keine Zeit. Sie hat Stress mit ihrer Mutter, bloß weil sie ihr Zimmer nicht aufgeräumt hat. Mama ist mitunter so spießig. In letzter Zeit gab es öfter Anlass zu irgendwelchen Auseinandersetzungen. Und heute, zu allem Übel, eine Fünf in Französisch! ›Mist!, ärgert sie sich, ich hab echt keinen Bock auf 'ne Standpauke.‹ Ihr Stimmungsbarometer ist tief im Keller. Sie setzt den Kopfhörer ihres Smartphones auf und dreht die Musik auf. Aus dem Augenwinkel sieht sie einen struppigen Hund, der unter einem Busch Schutz vor dem beginnenden Regen sucht. Er beobachtete sie. Louisa zieht die Kapuze ihres Pullis über.

„Blöder Hund!", schimpft sie genervt. Sie hebt ein Steinchen auf, wirft es in seine Richtung, jedoch ohne ihn zu treffen. Das Tier duckt sich erschrocken und winselt beleidigt. Sie ist hungrig, und kramt in ihrem Rucksack nach dem Pausenbrot. Schon wieder Salami! Obwohl ihre Mutter weiß, dass sie vegetarisch essen möchte! Wütend schleudert sie die Wurstscheibe quer über den Spielplatz. Der zuvor beworfene und gescholtene Hund springt überraschend sportlich auf, und schnappt sich das unverhoffte Fressen. Trotz ihrer miesen Laune grinst Louisa, und beißt versöhnlich in ihr Wurstloses Brot. Ihr Handy klingelt. Mama ruft an! Mit vollem Mund nimmt sie den Anruf entgegen. „Louisa wo bleibst du? Du weißt, dass Opa heute Geburtstag hat, und wir zum Kaffee eingeladen sind! Wo steckst du denn? Die Schule ist seit über einer Stunde aus! Wir machen uns Sorgen!" Louisa hält das Handy weg vom Ohr, weil Anne Dore ziemlich laut redet, wenn sie aufgeregt ist. Sie kaut zu ende, schluckt den Bissen und gesteht, dass sie Opas Geburtstag vergessen hat, sich aber gleich auf den Weg macht. Damit beendet sie das Gespräch, ohne die Frage der Mutter zu beantworten, wo sie sich denn aufhält. Anne Dore ist außer sich! „Was ist los mit Louisa, warum ist sie so verändert?", fragt sie Oliver, der neben ihr steht. „Du musst dir keine Sorgen machen, Schatz", antwortet er beschwichtigend. „Louisa wird vierzehn, und wird langsam erwachsen. Das ist nicht so einfach! Du warst doch mal jung. Wir müssen sie nur lieb haben. Irgendwann wirds wieder entspannter mit ihr. Sie ist und bleibt unser Mädel. Zurzeit allerdings, das gebe ich gerne zu, im pubertären Ausnahmezustand."

„Da hast du voll Recht!", stimmt Anne Dore genervt zu, während sie das Geschenk für Opa einpackt. „Ich werde heute Abend ein Wörtchen mit ihr reden! Hoffentlich kommt sie bald! Es ist gleich drei, du weißt, dass Oma größten Wert auf Pünktlichkeit legt."

„Ja Dorchen, ich fahr schon mal das Auto aus der Garage, dann können wir sofort starten, wenn sie kommt", bietet Oliver an, und gibt seiner Frau zur Beruhigung einen Kuss auf die Wange. Anne Dore verkneift sich jeden weiteren Kommentar. Sie mag es gar nicht, wenn Oliver sie Dorchen nennt.

*

Louisa packt ihren Rucksack und macht sich auf den Heimweg. ›In einer viertel Stunde bin ich zuhause, wenn ich durch den Stadtpark abkürze.‹ Zwar haben die Eltern ihr verboten, diesen Weg zu gehen, weil er ziemlich abseits liegt. Aber schließlich ist sie kein Baby mehr, und sie müssen es auch nicht erfahren. Sie setzt sich die Kopfhörer wieder auf und geht zügig los. Abgelenkt von ihrer Lieblingsmusik, bemerkt sie die dunkle Gestalt erst, als sie von ihr angerempelt wird. Erschrocken schaut sie auf. Ein Mädchen, etwas älter als sie, bekleidet mit dunklem Kapuzenpulli, der ihr Gesicht halb verdeckt, verstellt ihr den Weg und schubst sie heftig gegen die Schulter.

„Hey, was soll das?", ruft Louisa ärgerlich. Das Mädchen tänzelt aggressiv vor ihr her.

„Was hast du für ein Smartphone?", fragt sie zickig.

„Was geht dich das an?", antwortet Louisa.

„Los, gib mir das Teil!," fordert die Fremde.

„Spinnst du?? Lass mich in Ruhe und hau ab!"

Unvermittelt tritt die Fremde ihr gegen das Schienbein. Louisa versucht, an ihr vorbei zu kommen. Sie hat echt keinen Bock auf Zoff. Doch das Mädchen lässt nicht locker. Sie stellt Louisa ein Bein. Louisa stolpert über den Bordstein, und fällt zu Boden. „Ahhh..,Aua ..., Mist!", stöhnt sie, und versucht aufzustehen. Doch die Angreiferin stößt sie wieder zurück.

„Gib mir das verflixte Handy", faucht sie, „los, mach schon, sonst setzt es was!" wieder tritt Sie Louisa gegen den lädierten Unterschenkel, und zerrt heftig an der Schnur, mit der das Smartphone verbunden ist. Louisa schreit um Hilfe, doch um die Mittagszeit ist der Park leer. Niemand hört sie. Mittlerweile gelingt es der dreisten Diebin, ihr das Handy zu entreißen. Louisa erkennt, dass ihre Chancen gegen sie eher gering sind.

Als das Mädchen jedoch mit der Beute abhauen will, ergreift sie blitzschnell einen ihrer Füße, sodass auch sie hinfällt. Erneut versucht Louisa auf die Beine zu kommen, es tut höllisch weh. Scheinbar hat sich den Knöchel verstaucht. Trotzdem hält sie verbissen den Fuß der strampelnden Diebin fest.

Doch ihre Kraft lässt nach, die andere ist stärker. Von Weitem hört sie das wütende Bellen eines Hundes. ›Oh nein, der Kläffer hat mir gerade noch gefehlt!‹, denkt sie. Mit fliegenden Ohren kommt der schwarze Hund vom Spielplatz auf die beiden Kontrahentinnen zu gerannt, und baut sich zähnefletschend vor der Diebin auf. Er knurrt bedrohlich.

„Pfeif den Köter zurück", ruft das Mädchen. Der Hund antwortet mit wütendem Gebell.

„Gib mir mein Handy wieder", fordert Louisa mutig. Das Tier nähert sich auf Fußbreite dem Mädchen an.

„Hau ab, du blödes Vieh", zischt sie wütend.

Die Ohren des Hundes stellen sich auf, seine Augen sind starr auf die Diebin gerichtet. Speichel tropft aus seinem Maul. Er sieht furchteinflößend aus.

„Erst bekomme ich mein Handy wieder", beharrt Louisa und nutzt die Gunst des Hundes. Der scheint genau zu spüren, was hier vor sich geht. Seine Blicke pendeln zwischen den beiden hin und her. ›Scheinbar ist er mir dankbar für die Wurstscheibe‹, denkt Louisa.

„Er soll weggehen", jammert das Mädchen kleinlaut, und gibt ihr das Handy unter den aufmerksamen Blicken des Hundes zurück. „Danke, sagt Louisa. Und jetzt ruf ich die Polizei!" „Nein, bitte nicht, keine Polizei, bitte!", bettelt sie. Doch Louisa hat die Nummer bereits gewählt. Der Hund scheint zufrieden mit seinem Engagement. Er quittiert die kleinste Regung der Übeltäterin mit gereiztem Knurren. Sie hat keine Chance davon zu kommen. Die Polizei trifft ein, und nimmt die Personalien auf, während der schwarze Hund sich neben Louisa setzt, und sich ein paar Streicheleinheiten abholt. „Danke", sagt sie, „Ich hab es gar nicht verdient, dass du dich so für mich einsetzt. Wie heißt du eigentlich?" Das Tier antwortet mit einem treu ergebenen Augenaufschlag. Die Beamten loben Louisa und den Hund für die Hilfe, da sie schon eine Weile hinter der Seriendiebin her sind.

„Uns liegen einige Anzeigen gegen sie vor. Schau, hier hat sie drei weitere Handys und zwei Portmonees in ihrem Rucksack. Die gehören ganz sicher nicht ihr. Du und dein Hund, ihr habt gute

Arbeit geleistet! Aber jetzt fahren wir dich erst mal ins Krankenhaus, damit dein Fuß behandelt wird."

„Nein, zuerst muss ich meine Eltern anrufen, die warten auf mich, weil Opa heute Geburtstag hat und ich bin eh' zu spät. Sie werden sich Sorgen machen", sprudelt es erleichtert aus ihr heraus, „...und übrigens: Der Hund gehört nicht zu mir!" Das Tier winselt beleidigt, und setzt sich ein Stück näher an sie heran. „Nun, das sieht aber nicht so aus. Jedenfalls scheint der Hund das anders zu sehen", antwortet der Polizist. „Aber dass müsst ihr unter euch klären,... der Hund und du. Steig erst mal ins Auto, wir fahren in die Klinik und anschließend zu deinen Großeltern, damit das noch klappt, mit dem Geburtstagskaffee." Zum Erstaunen aller fühlt sich der Hund ebenfalls aufgefordert einzusteigen und springt auf den Rücksitz. Vertrauensvoll legt er den Kopf auf Louisas Schoß.

„Was wird aus ihr?", fragt Louisa als sie im Auto wegfahren.

„Sie muss sich morgen auf der Wache melden, und wird ihre Strafe bekommen!"

›Ich möchte nicht in ihrer Haut stecken‹ , denkt Louisa, als das Mädchen mit gesenktem Kopf weggeht.

*

Während dessen warten die Eltern ungeduldig darauf, dass Louisa heimkommt. „Also ich versteh das nicht", klagt Anne Dore, „sie hat mir doch vorhin versprochen gleich heimzukommen, langsam mache ich mir Sorgen!" Auch Oliver ist sichtlich nervös. Louisas jüngerer Bruder Leander rutscht genervt auf der Rückbank im Auto hin und her. „Ich wette, sie ist zum Schlösschen, um mit ihren Freundinnen zu quasseln", lästert er.

„Oliver, ruf doch Lilly oder Mia an, ob sie da ist", bittet Anne Dore. Als Oliver ins Haus geht, klingelt das Telefon. Die Eltern laufen hin, und Oliver hebt ab. Die Polizei ruft an. Er wird etwas blass, und setzt sich auf einen Stuhl. Anne Dore hört gebannt zu.

„Oh je ...,meine Güte ...,ja ...,ja,...und in welchem Krankenhaus?
Ach so ..., okay ..., Gott sei Dank, dann bis später, und danke für
ihren Anruf!"

Anne Dore hat vor Aufregung feuchte Hände und rote Wangen.
„Oliver, jetzt sag endlich was ist los?" Sie zupft nervös an seinem
Hemd.

„Louisa hat sich eine Prellung am Fußgelenk zugezogen, es geht ihr
soweit gut! Und wie es dazu kam, das erzähle ich euch auf dem Weg
zu Opa."

Anne Dore muss ein wenig weinen, als Oliver alles berichtet hat.
Leander ist stolz auf seine große Schwester, und möchte mehr über
den schwarzen Hund erfahren.

*

Oma Hilde ist gerade dabei die Geburtstagstorte anzuschneiden, als
das Polizeiauto vorfährt. Erschrocken lässt sie ein Stück zu Boden
fallen. Auch Opa Paul ist erstaunt. Dass zwei Polizisten ihm zum

Geburtstag gratulieren, das ist noch nicht vorgekommen. Der fremde Hund läuft an ihm vorbei, direkt in die Küche, wo er sich das Kuchenstück auf dem Fußboden einverleibt, ehe Oma es entsorgen kann. Kooky, der Hund der Großeltern, nimmt den Eindringling genauestens unter die Lupe und scheint ihn zu mögen.

Und, Last but not least, humpelt Louisa auf Krücken hinterdrein, während die Polizisten den Großeltern erklären, was passiert ist. Natürlich sind auch die Gesetzeshüter zu einem Stück Torte eingeladen, wozu sie nicht nein sagen. Im Gegenzug haben sie viele Fragen zu beantworten. Als Anne Dore, Oliver und Leander ankommen, nehmen sie ihre lädierte Tochter in den Arm, um sie zu trösten. Leander setzt sich gleich zu den beiden Hunden auf den Fußboden, die sich geduldig von ihm streicheln lassen. Nach einigem Überlegen hat er den passenden Namen für den neuen Hund gefunden. Er nennt ihn 'Gustav'. Der versteht sich ab sofort als vollwertiges Familienmitglied, und scheint das sehr zu genießen. Als die Familie abends heimfahren will, springt Gustav ohne zu zögern auf den Rücksitz und platziert sich zwischen Leander und Louisa.

›Irgendwie fühlt es sich cool an‹, denkt Louisa. Leander krault dem neuen Familien-Mitglied liebevoll den Bauch. Anne Dore seufzt vernehmlich, als sie sich zu den Dreien auf der Rückbank umdreht, während Oliver zufrieden grinst. „Alles wird gut", sagt er, als ob er ihre Gedanken lesen könnte. „Wir werden ihm vorerst einen Platz im Wohnzimmer neben dem Ofen herrichten."

Spontan kommen Proteste vom Rücksitz: „Warum kann er nicht in meinem Zimmer schlafen?" Leander ist enttäuscht, und Louisa erinnert, dass er schließlich ihr zugelaufen ist! „Und überhaupt, was heißt vorerst??", fragt sie erstaunt.

„Wir müssen erst klären, wem das Tier gehört. Vielleicht ist er irgendwo ausgebüxt, und wird vermisst und gesucht?"

„Er hat mich aber beschützt!", regt Louisa sich auf.

„Gott sei Dank", antwortet Oliver, „sonst wäre die Geschichte wohl nicht so glimpflich ausgegangen! Ich verspreche euch, wenn kein Besitzer ermittelt werden kann, werden wir Gustav als Familienhund im Wohnzimmer wohnen lassen. Da können wir uns alle an ihm erfreuen."

„Und uns alle um ihn kümmern!!", setzt Anne Dore energisch und mit strengem Blick hinzu.

Ein paar Tagen später, die Oliver gewissenhaft nachgeforscht hat, wo ein Hund vermisst wird, kommt Post von der Polizei. Gespannt steht die Familie zusammen, als Oliver den Brief öffnet. Die Nachricht, dass der Hund einer alten Dame entlaufen ist, die beim Spaziergang mit ihm schlimm gestürzt ist, und lange Zeit im Krankenhaus verbringen muss, löst Bestürzung aus. Die Frau fühlt sich mit über achtzig Jahren nicht mehr in der Lage, den relativ jungen Hund zu behalten. Jacko, so heißt er eigentlich, braucht also eine neue Familie. „Juchhu", ruft Leander begeistert, während Louisa an die arme Frau denkt und sich vornimmt, sie bei Gelegenheit zu besuchen und ihr ein paar Blümchen zu bringen. Gustav, alias Jacko, fühlt sich pudelwohl in der Familie. Die Kinder spielen mit ihm, er rennt und springt. Offenbar hat ihm das gefehlt. Alle buhlen um seine Aufmerksamkeit. Er ist gelehrig, kuschelt gerne und hört aufs Wort. Für nachmittags hat sich Louisa mit ihren Freundinnen verabredet, Gustav soll die große Überraschung sein. Sie hat ihn ausnahmsweise in ihr Zimmer gesperrt. Als die Mädels kommen, strahlt sie.

„Ich hab eine Überraschung, kommt mit in mein Zimmer!" Sie läuft die Treppe hoch, öffnet die Türe und ruft enthusiastisch „Voilà, das ist Gustav!" Gustav springt auf, rennt an den Mädchen vorbei, die Treppe runter ins Wohnzimmer.

„Das war Gustav", bemerkt Mia trocken.

„Wo hast du den denn her?", will Lilly wissen.

Louisa erzählt, auf welche Weise sie Gustav begegnet ist, und wie der tapfere Hund sie vor der Diebin beschützt hat. Lilly und Mia hören gespannt zu und sind beeindruckt.

Sie schwärmt in den höchsten Tönen detailreich über Gustavs Verhalten, was er alles schon gelernt hat, wie er schläft, wie er guckt, wie er sich kratzt, was er gerne frisst, was er am liebsten spielt ..., und bemerkt nicht die verstohlenen Blicke der Freundinnen, und dass Lilly gelangweilt gähnt. Als sie Gustav noch einmal zum besseren Kennenlernen ins Zimmer holen will, haben es die beiden es plötzlich eilig, und wollen heim. Louisa ist enttäuscht und versteht nicht, dass sie so wenig Interesse an dem Hund zeigen.

„Ich verstehe Lilly und Mia nicht", klagt sie ihrer Mutter am Abend. „Warum beachten sie Gustav nicht?"

„Sei nicht so streng mit ihnen", tröstet Anne Dore, „lass ihnen ein wenig Zeit. Du hast sie wohl etwas überfordert mit deiner plötzlichen Hunde-Euphorie."

„Vielleicht hast du Recht Mama, ich nehme Gustav am Samstag mit zum Reiten, dann können sie ihn ganz zwanglos kennenlernen."

„Gute Idee, mein kluges Mädchen", antwortet Anne Dore und küsst ihrer Tochter zärtlich die Stirn.

„Apropos klug ..., Mama, ich hab eine Fünf in Französisch", nutzt Louisa die Gunst der Stunde um zu beichten.

„Na ja, Louisa, das ist zwar kein Beinbruch, aber doch ein guter Grund mehr dafür zu lernen. Sag mir, wenn du Hilfe brauchst!", antwortet Anne Dore ernst.

Louisa nimmt sich vor, gleich im Bett noch Vokabeln anzuschauen.

*

Als sie sich samstags zum Reitausflug treffen, läuft Gustav brav neben den Pferden her, bis sie an einem kleinen Baggersee Rast machen. Sie binden die Pferde an ein Gatter und setzen sich auf eine Bank. Louisa hebt ein herumliegendes Stöckchen auf und wirft es weit weg. Gustav sprintet los, sucht, findet, und bringt es ihr zurück. Mia und Lilly schließen sich dem Spiel an. Selbst als das Stöckchen im Wasser landet, holt er es.

„Los Mia, lass uns schwimmen gehen", fordert Lilly die Freundin auf. Während Louisa den noch geschwollenen Fuß im Wasser kühlt, haben die beiden Spaß mit Gustav. Er erweist sich als ausdauernder Schwimmer und Mitspieler. Die Mädchen tauchen unter ihm her, während er im Kreis schwimmt, um sie zu suchen. Treuherzig schwimmt er los, um ein Stück Holz zu holen, das eigentlich viel zu groß für ihn ist. Louisa ist glücklich, dass ihre Freundinnen den struppigen Kerl Herz geschlossen haben.

Das Geheimnis der Waldhütte

Verschlafen reibt Louisa sich die Augen und gähnt geräuschvoll. „Seid ihr wach?", fragt sie ihre Freundinnen. „Jetzt wo du fragst, ja", antwortet Lilly trocken.

„Ich dachte wir haben Ferien, und können ausschlafen", murmelt Mia. Die Nacht im Zelt war kurz, es gab viel zu erzählen, obwohl sie sich fast täglich sehen. Pferde, Klamotten, Schule, speziell die Jungs, die neu dazu gekommen sind, the best of Music und der Kinoszene, ..., halt alles was für Mädchen mit Vierzehn wichtig ist, und worüber man *NUR* mit besten Freundinnen reden kann.

„Hey, ihr Schlafmützen, raus mit euch! Die Sonne scheint, das Leben ruft!", trötet Louisa.

„So früh schon?", gähnt Mia. „Jepp!" Wie sagt Opa immer? „Der frühe Vogel fängt den Wurm!"

„Ja, aber erst die zweite Maus kriegt den Käse" kontert Lilly. „Außerdem fühle ich mich im Moment eher wie eine bleierne Ente. Welchen Wurm willst du denn fangen, du Vögelchen?" „Wie wär's, wenn wir ins Kino gehen?", mischt Mia sich ein, und pellt sich aus ihrem Schlafsack.

„Ich fasse es nicht", regt Louisa sich gespielt auf, „bei dem Wetter, das ist ja fast wie bei Regen im Sonnenstuhl liegen?" „Okay,... ist ja gut", schmollt Mia theatralisch.

„Wir könnten auf den Donnersberg wandern, da sind wir schon ewig nicht gewesen", schlägt Louisa stattdessen vor.

„Das finde ich auch cool, ich bin dabei. Wann soll's los gehen?", fragt Lilly.

„Von mir aus gleich nach dem Frühstück, wenn's recht ist. Was ist Mia, kommst du mit?" „Klar, oder denkt ihr, ich lasse euch alleine Spaß haben?"

Anne Dore hat den Frühstückstisch auf der Terrasse bereits gedeckt. Leander trommelt zu Tisch.

„Guten Morgen", ruft Anne Dore gut gelaunt, „wie war eure Nacht im Zelt?" „Es scheint gut, ich finde die sehen gefährlich unternehmungslustig aus", mischt Oliver sich ein.

„Wir haben beschlossen, heute auf den Donnersberg zu wandern", klärt Louisa ihre Eltern auf, „nach dem Frühstück. Mama, hast du noch was für ein Picknick?"

„Aber Gustav bleibt heute bei mir!", meldet sich Leander zu Wort. Louisa ist einverstanden. Eine gute Stunde später sind sie mit gefüllten Rucksäcken zum Aufbruch bereit. Oliver und Anne Dore haben noch einige Fragen und Hinweise zu der Tour: „Habt ihr alles dabei? Taschenlampe, Handy, Heftpflaster für Notfälle? Und die Regencapes?

„Wieso Regencapes, Papa, die Wetter App sagt nix von Regen"

„War ein Scherz, Louisa, aber der Rest ist ernst gemeint! Bleibt zusammen und bitte keine Extratouren! Bis zum Abendbrot um sieben seid ihr spätestens zurück, sonst alarmiere ich meine Kollegen von der Feuerwehr", ruft Oliver hinterher.

Louisa verdreht genervt die Augen, „Papa, es ist gut! Wir sind keine Babys mehr!"

Bestens gelaunt wandern sie los. Der Wald riecht im Herbst besonders würzig, findet Louisa. Nach einer Stunde kommen sie an eine Weggabelung. Sie müssen sich entscheiden, ob sie den linken oder den rechten Weg nehmen. Mia macht den Vorschlag, mit Steinchen auszulosen, welche Strecke sie gehen. Die rechte Tour ist länger, die linke hat den steileren Anstieg. Die beiden sind einverstanden. Der linke Weg hat die meisten Steinchen. Louisa verspricht, sich dort bestens auszukennen. Sie erinnert sich an einen Osterausflug mit ihrem Vater. Sie war ungefähr fünf Jahre. Er hatte sie zu einer Höhle geführt, die hier irgendwo sein muss. Dort hatte sie ein Osternest mit einem Kuschel Dino gefunden. Als Papa es mit der Taschenlampe anleuchtete, war sein Schatten an der Felswand riesig, sie hatte sich erschrocken. Papa machte es gerne spannend!

Sie lächelt bei der Erinnerung. Der Weg ist steil. An manchen Stellen auch felsig, und von feuchtem Laub glitschig. Bald beklagt sich Lilly, dass es anstrengend ist. Louisa zuckt lässig die Schultern „Wenn es rauf geht, geht's auch irgendwann wieder runter!"

Endlich wird der Weg ebener und eine sonnige Lichtung tut sich vor ihnen auf. „Super", ruft Mia, „das ist der ideale Platz fürs Picknick!" Sie sind knapp zwei Stunden unterwegs und der Rucksack wird scheinbar immer schwerer. Louisa denkt praktisch: „Was wir gegessen haben, brauchen wir nicht mehr zu schleppen." Mia legt die Decke ins weiche Gras. Sie genießen ihr Picknick, und staunen wie schön ihr Städtchen von hier oben aussieht. Besonders das kleine Schlösschen auf dem Hügel, wo Lilly und Mia zuhause sind. Auch Louisas Elternhaus am Waldrand ist zu sehen. „Lasst uns mal weitergehen", drängt Louisa, nachdem sie knapp eine Stunde pausiert haben, „schließlich wollen wir wandern und nicht dösen!" Sie packen zusammen und nehmen den Weg durch den angrenzenden Fichtenwald. Mit der Zeit wird der Weg zum Pfad. Dann verliert er sich völlig in dichtem Gestrüpp.

„Wo führst du uns denn hin, hier ist doch gar kein Weg mehr", bemerkt Lilly verunsichert. Doch Louisa ist überzeugt, dass sie richtig ist. „Der Weg ist nur zugewachsen", erklärt sie. Als sie sich durch dichtes Unterholz schlagen müssen, zweifelt auch Mia an Louisas Ortskenntnissen. „Bist du sicher, dass es hier lang geht? Kennst du dich wirklich aus? Das wird hier langsam ungemütlich!" Zweige streifen ihnen durchs Gesicht. Sie stolpern über Wurzeln und Geäst, kommen kaum noch vorwärts. Plötzlich bleibt Louisa stehen. Sie schaut sich suchend um. Vor ihnen lichtet sich das Dickicht. Einige Fichten ragen hoch in den Himmel.

„Ich glaube", gibt Louisa kleinlaut zu, „wir sind vom Weg abgekommen." Lilly und Mia schauen sich vielsagend an. „Schön, dass es dir auffällt", antwortet Lilly genervt.

„Wow, guckt mal, da hinten, da ist eine Hütte!", ruft Mia plötzlich.

„Wo??" ‚fragt Louisa erstaunt.

„Da drüben, hinter den Fichten!"

„Hey, das ist ja spooky! Sieht aus wie ein Hexenhaus, fehlt nur der Zuckerkuchen", feixt Lilly, und Louisa gibt zu, dass sie nie zuvor hier war. „Hoffentlich finden wir wenigstens zurück", frotzelt Lilly.

„Und ich hoffe", vermeldet Mia, „da kommt nicht irgendwer oder -
was raus, aus dem Hexenhaus. Wir sollten besser umkehren".

„Und ich meine, wir sollten uns die Hütte wenigstens mal anschauen,
wo wir schon mal hier sind", wendet Louisa ein. Mia und Lilly
schütteln gleichzeitig den Kopf. „Nein, lass uns lieber hier weg, das ist
irgendwie unheimlich, so einsam mitten im Wald, vielleicht versteckt
sich da jemand!" Mia gruselt sich.

„Okay!", antwortet Louisa, wenn ihr Angst habt, dann gehe ich
alleine. Was soll denn schon passieren, ich nehme das Handy und
meine Taschenlampe mit und ihr wartet hier, ist ja weit genug weg!
Wenn ich euch brauche, melde ich mich! Jetzt macht euch nicht in
die Hosen, ihr Kaktusfeigen! Wenn ich in einer halben Stunde nicht
zurück bin, müsst ihr mich retten kommen!", lacht sie und lässt die
Freundinnen einfach stehen. Mia und Lilly schauen ihr
kopfschüttelnd hinterher. „Typisch Louisa", sagt Lilly, „wenn sie sich
etwas in den Kopf setzt, ist sie durch nichts mehr zu bremsen." Die
beiden Freundinnen setzen sich ein Stück weiter auf einen
umgestürzten Baumstamm, und daddeln auf ihrem Handy.

*

Louisa beschließt, zunächst einmal die Hütte zu umrunden, um die Lage zu checken. Alles ist mit Grünzeug zugewuchert, durch das hohe Gras und Gebüsch kommt sie nur langsam voran. Eine morsche Bank unter dem einzigen Fenster lädt ein, einen Blick ins Innere der Hütte zu riskieren. Erkennen kann sie nichts, ein Vorhang verhindert den Durchblick. Sie geht weiter zu der geschlossenen Eingangstüre. Vorsichtig versucht sie, die Türklinke herunter zu drücken. Sie wurde wohl länger nicht bewegt, lässt sich nicht leicht öffnen. Das beruhigt sie. ›Sie scheint unbewohnt‹, denkt sie, und zieht an dem Griff, bis er nachgibt. Die Türe knarrt, als Louisa sie einen Spalt öffnet. Sie zwängt sich hindurch. Es ist ziemlich düster, riecht modrig und Spinnweben streifen ihr durchs Gesicht. ›Nicht gerade einladend‹, stellt sie fest. Sie schaltet ihre Taschenlampe ein und leuchtet in den Raum. ›Der hat sicher ewig kein Licht gesehen, so zu gesponnen wie der ist‹ Tisch, zwei Stühle, ein Ofen, Bett und

Schrank mit halb geschlossenen Türen. Ein Schaukelstuhl neben dem Fenster, der plötzlich wie von Geisterhand leicht schaukelt, weil ein Windstoß durch die geöffnete Türe ihn berührt, erschreckt sie. „Hallo, ist da jemand?", ruft sie. Als es im Schrank raschelt, möchte sie am liebsten weglaufen. Eine Maus huscht durchs Zimmer. ›Keine Panik!‹, beruhigt sie sich selbst, und geht weiter in den schummrigen Raum. Plötzlich knackt es heftig unter ihren Füßen, der morsche Holzboden bricht auf, und sie stürzt in einen darunter liegenden Keller.

Autsch!..., aaah..., verflixt!..., Hilfe!...",purzelt es aus ihrem Mund. Der Schock ist heftiger als der Aufprall. Sie ist in einem Ohrenbackensessel gelandet, der sie sogleich in eine dicke Staubwolke hüllt. „Scheibenkleister", flucht sie, und hustet. Ihr Herz pocht bis zum Hals, die Gedanken überschlagen sich. ›Besser, ich rufe die beiden an.‹ Mit zittrigen Fingern nimmt sie ihr Handy aus der Hosentasche und tippt Lillys Nummer. Das Telefon bleibt still. Auch mit Mia's Nummer klappt es nicht. Kein Empfang! „Dass fehlt noch", stöhnt sie leise. Gott sei Dank hat ihre Taschenlampe den Sturz überstanden. Sie leuchtet umher, und sieht zu ihrem Erstaunen auch hier ein Sofa, an der Wand ein Bücherbord einen Tisch mit einer halb abgebrannte Kerze. Ein Schachbrett mit Figuren lässt sie vermuten, dass das Spiel unterbrochen wurde. ›Sieht aus, als hätte jemand den Ort fluchtartig verlassen‹ , denkt sie. Genau wie oben ist alles von einer dicken Staubschicht bedeckt, fast wie von einem seidigen Tuch verhüllt. Sie erinnert sich an ein Märchen, wo die Prinzessin in einem Turm satte hundert Jahre auf ihre Rettung wartete. „Ich werde hier auf keinen Fall lange rumoxidieren!", spricht sie sich selber Mut zu, und sieht sich nach einem Ausweg um. Eine Treppe, oder Leiter..., Fehlanzeige! Wie ist das möglich? Ein Keller, in den man nur gelangt, wenn der Fußboden zufällig einkracht? ›Das ist total verrückt! Oder eine Falle!‹ , schießt es ihr durch den Kopf. Bei dem Gedanken läuft es ihr eiskalt den Rücken hinunter. Sie ruft nach ihre Freundinnen, ohne eine Antwort zu bekommen. Langsam wird ihr klar, wie leichtsinnig es war, alleine in die Hütte zu gehen. Sie steigt auf den Tisch und erkennt, dass sie zu klein ist um sich hochzuziehen. Das Loch, durch das sie eingebrochen ist, ist außerdem so morsch, dass sie mühelos Stücke herausbrechen kann. Ihre Situation wird immer heikler. Plötzlich fällt ihr ein Holzteil an der Einbruchstelle der Decke auf, dass nicht zu den morschen Dielen passt. Sie hält die Taschenlampe darauf. Etwas scheint dort versteckt. Louisa versucht, das Teil aus dem Versteck zu pulen. Es klemmt fest und lässt sich nicht herausziehen. Sie steigt vom Tisch, um nach Werkzeug zu suchen. In einer Schublade findet sie ein rostiges Messer. Vergessen sind die Freundinnen, oder wie sie aus dem Keller herauskommt. Viel reizvoller ist es, herauszufinden, was da zwischen den Dielen versteckt ist. Fieberhaft arbeitet sie mit dem Messer, bis sie den Gegenstand in ihren Händen hält: Eine Holzschatulle! Ihr Herz klopft heftig vor Anstrengung und Aufregung. Sie pustet den Staub von der Oberfläche, dreht und wendet das Kästchen, um zu schauen, wo man es öffnet. Keine Spur von einem Verschlussknopf. Als sie vom Tisch springt, öffnet sich der Deckel plötzlich. Die Mechanik wurde zufällig ausgelöst. Sie setzt sich in den staubigen Sessel, um sich das Fundstück genauer anzuschauen. Auf den ersten Blick ist sie enttäuscht. „Nur Briefe und

Bilder, wie langweilig!", murmelt sie. Was hatte sie erwartet? Sie nimmt einen der Briefe, die allesamt noch verschlossen sind, und öffnet ihn. Wie frustrierend! Nicht einmal die Schrift kann sie lesen! Außer dem Postdatum, dass im Briefkopf zu lesen ist: 1941. Sie betrachtet die Fotos. Lächelnde Frauen, Kinder und Männer im Garten vor einem Haus. Ein Geschäft mit der Aufschrift 'Rosenbaum', davor in stolzer Pose ein Mann mit einem Auto. Als sie die Schatulle auf ihrem Schoß umdreht, fällt etwas heraus und rollt weg. Sie leuchtet mit der Taschenlampe über den Boden, dreht sich um, und stößt den Gegenstand mit dem Fuß an. Er rollt unter den Sessel. Louisa schiebt das klotzige Möbel beiseite, und entdeckt sie einen Ring, mit rot funkelndem Stein. „Wow, Hammerhart!", murmelt sie, hebt das Schmuckstück auf, um es zu betrachten. ›Es wird Zeit, dass ich hier rauskomme!‹ , besinnt sie sich, ›das müssen die beiden sich ansehen. Die sollten mich doch retten kommen, wo bleiben die denn?‹ Der Blick zur eingebrochenen Decke holt sie in die Wirklichkeit zurück. Wo ist der Ausweg? Rufen scheint zwecklos. Vermutlich sind die zwei zu weit weg von der Hütte, oder irgendwie beschäftigt. Als sie sich im Kellerraum umschaut, fällt ihr ein halbhoher Schrank auf. ›Ob es geht, den Schrank unter das Loch zu schieben?‹, überlegt sie, und zeichnet gedanklich einen möglichen Fluchtweg: Erst auf den Tisch, dann auf den Schrank, und dann nach oben.

Einen Versuch ist es Wert. Sie legt Taschenlampe und Kästchen beiseite und stemmt sich mit aller Kraft gegen den Schrank. Er bewegt sich keinen Millimeter. Es kommt ihr vor, als ob er festgewachsen wäre. Sie fragt sich, ob noch Klamotten da drin sind. Der rostige Schlüssel, der im Schloss steckt, lässt sich nur schwer umdrehen. Die Tür klemmt etwas, doch dann öffnet sie sich mit einem Ruck und,... Louisa starrt ins dunkle! Sie ist geschockt! Der vermeintliche Schrank ist gar kein Schrank! Er ist der Zugang in einen Tunnel! Ihr Herz klopft bis zum Hals. Angst schnürt ihr die Kehle zu. „Was wird das hier? Ich will hier raus! Bloß nicht schlappmachen, tief durchatmen", spricht sie zu sich selbst. Nachdem sie sich etwas beruhigt hat, und ihre Augen sich an das Dunkel gewöhnt haben, meint sie, am Ende einen Lichtschimmer zu sehen.

Sie kommt zu dem Schluss, dass der Tunnel der geheime Zugang ins mysteriöse Kellerversteck in der Hütte ist! Ein Versteck, in dem man nicht gefunden werden will.

*

Lilly und Mia haben beim daddeln die Zeit vergessen.

„Lilly guck mal auf die Uhr, sie ist schon über eine halbe Stunde weg!"

„Stimmt, aber das macht sie absichtlich, uns zu erschrecken", vermutet Lilly. „Komm, lassen wir sie nicht länger zappeln, und befreien sie aus dem Hexenhaus!"

„Möchte wissen, was sie da so lange treibt? Und was ist, wenn ihr was zugestoßen ist?", fragt Mia bang.

„Du denkst immer gleich das Schlimmste, Mia. Sie macht Späßchen mit uns, glaub es mir!", versucht Lilly ihre ängstliche Cousine aufzumuntern.

„Ruf sie doch erst mal an, und frag, was los ist."

„Gute Idee!", stimmt Lilly zu und zückt ihr Handy, um gleich darauf festzustellen, dass es keinen Empfang hat. „So was Blödes!" , flucht sie leise, „vielleicht konnte sie uns tatsächlich nicht erreichen? Also los, wir gehen rüber und lassen die Rucksäcke hier."

›Klingt gar nicht optimistisch‹ , denkt Mia.

*

Louisa nimmt das Kästchen und ihre Taschenlampe. Sie wagt sich einen Schritt in den Tunnel, leuchtet in den dunklen Gang um sich ein Bild davon zu machen. Zu spät spürt sie den scharfen Luftzug an ihrem Rücken, und eh sich sich versieht schlägt die Türe hinter ihr zu! Sie stemmt sich dagegen, rappelt an dem Türgriff, bis er abbricht. Verzweifelt hämmert sie mit ihren Fäusten gegen das Holz, und erkennt ihre erbärmlich Lage. Sie ist gefangen!

Sie setzt sich auf den feuchten Boden und weint. Sie schreit um Hilfe, aber wer soll sie hier hören? ›Ich muss mich beruhigen, um nachzudenken, muss einen Ausweg finden! Warum bin ich nur so verdammt leichtsinnig? Das hab ich jetzt davon!‹ Ängstlich schaut sie in die dunkle Röhre.

Soweit sie erkennen kann, ist der Tunnel mit Holzplanken abgestützt. Die Luft ist kühl, es riecht ätzend. Sie feuchtet ihren Zeigefinger an, wie sie es bei den Pfadfindern gelernt hat, und hält ihn in Richtung Tunnel. Ein leichter Luftzug bestätigt die Vermutung, dass es einen Ausgang gibt. Trotz der Dunkelheit meint sie, ein Stück weiter einen Lichtschimmer zu erkennen. Sie überlegt nicht lange, und entscheidet sich in Richtung Lichtschimmer zu gehen. Aufrecht Stehen kann sie kaum, es geht bergab. Langsam tastet sie sich vorwärts. Das Licht der Taschenlampe wirft gespenstische Reflexe an die engen Wände. Sie stößt sich den Kopf an. Es tut weh. „Das fehlt mir noch", murmelt sie, „hier würde mich kein Mensch finden."

Wasser tropft von den Wänden. Die Dunkelheit und die Enge machen ihr zu schaffen. „Was hab ich mir für einen Mist eingehandelt! Die beiden hatten voll Recht, hätte ich auf sie gehört, oder auf sie gewartet!", schimpft sie sich reumütig. Ihr ist elend zumute. „Bald hab ich's geschafft", tröstet sie sich, als sie unten ankommt. Doch der vermeintliche Ausgang, ist nicht größer als der Eingang zu einem Fuchsbau, und zum größten Teil verschüttet. Sie schaut sich um, und weiß, dass es kein Zurück für sie gibt. Die Öffnung nach draußen ist zu eng, da kommt sie nicht durch. Sie sucht sie nach einer Lösung, schaut sich um, und findet ein Stück Holz. Damit gräbt sie sich verbissen durch den feuchten Boden, um den Ausgang aufzubrechen. Lehmbrocken fallen auf sie herab. Sie befürchtet, dass der Tunnel über ihr einstürzt. Mit bloßen Händen schaufelt Louisa die gelöste Erde beiseite. „Nicht schlappmachen!", hämmert es in ihrem Kopf. Nur mühsam gelingt es, den Ausgang zu erweitern. Nach einer gefühlten Ewigkeit scheint das Loch ausreichend, und sie quetscht sich hindurch. Geschafft! Louisa möchte weinen und lachen vor Erleichterung, und ist sich sicher, dass sie so ein Abenteuer nicht nochmal braucht. Unmittelbar vor dem Tunnelausgang liegt ein Felsbrocken und verdeckt die Sicht.

„Klever", murmelt sie erschöpft, „dadurch bleibt der Tunnel auch von außen unentdeckt." Erstaunt stellt sie fest, dass sie sich auf der

Lichtung befindet, auf der sie zuvor ihr Picknick abgehalten haben. Sie setzt sich vor den Felsen, um zu verschnaufen.

*

Lilly und Mia pirschen sich indes an die Hütte heran. Geduckt und dicht hintereinander gelangen sie zur offenen Türe. Lilly wagt einen Blick ins Innere und horcht. Es ist totenstill. „Hallo? Louisa,...? Bist du hier??" ›Blöde Frage‹, denkt sie, ›sie ist ja hier reingegangen!‹ Erneut ruft sie nach der Freundin, ohne eine Antwort zu bekommen.

„Da ist niemand", flüstert sie. Mia fröstelt vor Aufregung.

„Oh Gott, ich hab angst." Ihre Stimme klingt weinerlich.

„Sei still, Mia, ich muss mich konzentrieren! Und hör bitte auf zu flennen, das bringt uns nicht weiter!", faucht Lilly nervös. Mit einem Ruck zieht sie die Türe auf. Das blasse Licht in der Hütte lässt sie nichts erkennen.

„Hier ist keine Menschenseele!", stellt sie fest. Sie schaltet ihre Taschenlampe ein, die Batterie ist leer. „Mist, hast du eine Taschenlampe mit, Mia?" „Nein, tut mir leid."

„Okay, wir gehen jetzt da rein! Sie kann ja nicht vom Erdboden verschluckt sein!

„Louisa?..., verdammt, hör auf mit dem Spielchen, antworte bitte...! Stopp!!", schreit sie plötzlich.

Mia gefriert fast das Blut in den Adern.

„Verdammt, der Boden ist eingebrochen!" Tausend gruselige Gedanken schießen ihr durch den Kopf.

„Oh Gott, meinst du, Louisa ist ...?"

„Sei still Mia!", keucht Lilly. „Ich lege mich auf den Bauch, und du hältst meine Beinen fest. Vielleicht kann ich da unten was erkennen." Mia kauert zitternd im Türeingang und wagt kaum zu atmen. Krampfhaft versucht sie, die Freundin an den Beinen zu halten. Als Lilly in den dunklen Keller schaut, und nichts von der Freundin hört und sieht, ist auch sie der Verzweiflung nahe. „Einen Tisch und einen

Sessel kann ich sehen, es ist zu dunkel! Aber keine eine Spur von Louisa!",

ist die resignierte Antwort.

„Und jetzt? Was machen wir jetzt?", schluchzt Mia.

„Wir laufen zurück!",entscheidet Lilly, „Und zwar auf dem schnellsten Weg!"

„Aber wir können doch nicht einfach weglaufen..., und Louisa alleine..."

„Doch, Mia, müssen wir sogar! Hier ist was ober faul!" Die sonst so taffe Lilly klingt ratlos.

Sie holen die Rucksäcke, kämpfen sich durchs Gestrüpp zurück in den Wald, bis hin zur Lichtung.

„Ich probier's nochmal mit dem Handy" , japst Mia atemlos. In dem Moment klingelt ihr Handy: Louisa!!

„Louisa, wo bist du?", schreit Mia ins Telefon und wundert sich, dass sie Louisas Stimme vom oberen Ende der Lichtung wahrnimmt.

Atemlos stapfen die Freundinnen den Hang hinauf.

„Louisa, verdammt, spinnst du? Was machst du hier? Du hast uns total geschockt! Wie hatten Angst um dich! Wie siehst du denn aus? Du blutest an der Stirn!" Mia sucht nach Worten und nach einem Taschentuch. „Bist du durch Schlamm gerobbt?" Am Ende ihrer Schimpftirade setzt sie sich zu der Freundin auf den Boden, und muss ein bisschen weinen. Auch Lilly lässt ihrem Ärger freien Lauf.

„Scheiße Louisa! Geht's noch?", ruft sie wütend. Was hast du dir dabei gedacht?" Du hast uns total den Stress gemacht, mach dass nicht nochmal!"

„Beruhigt euch, alles ist gut", antwortet Louisa kleinlaut. „Es tut mir leid..., ehrlich!"

„Wie kommst du überhaupt hierher?",schnauft Lilly weiter. „Hinter dem Felsen hier ist ein Tunnel." Louisa zeigt auf den Tunnelausgang. „Da bin ich durchgekrochen, nachdem ich in der Hütte ein gekracht bin, und die Tür vom Tunnel zugeknallt ist."

„Hä?, wie gekrochen?" Mia kuckt nicht gerade geistreich. „Stellt euch vor", übergeht Louisa Mias Frage, „in der Hütte gibt es keine Treppe zum Keller! Aber da steht ein Schrank, und der ist nur

Attrappe. Dahinter verbirgt sich der Zugang zum Tunnel. Ich habe nach euch gerufen, und mein Handy hatte keinen Empfang. Das war echt nicht easy, könnt ihr mir glauben! Ich hab mir vor Angst fast in die Hosen gemacht" „Ach nee, aber wir sind die Kaktusfeigen! Das hast du dir alles selber zuzuschreiben!", schimpft Lilly weiter.

„Das weiß ich ...," gibt Louisa zerknirscht zu.

„Tut das weh?",fragt Lilly versöhnlicher, und zeigt auf die Schramme am Kopf.

„Nein! Aber kuckt mal, was ich in der Hütte gefunden habe!" Triumphierend hält sie das Kästchen in die Höhe. Alles andere scheint sie schon vergessen zu haben.

„Da ist ein Ring drin, und Bilder und Briefe. Das Kästchen hat jemand zwischen den Fußbodendielen versteckt. Am besten ich erzähle euch erst ...,

„Lass es, Louisa!", unterbricht Lilly sie genervt. „Es reicht mir, Ehrlich! Ich möchte nach hause, mein Bedarf an Abenteuer ist reichlich gedeckt!"

„Wir müssen raus finden, wem der Ring gehört", überhört Louisa Lillys Widerspruch.

„Und ich hab auch die Nase voll von deinen Extratouren! Können wir jetzt gehen?", setzt Mia energisch nach.

„Hey, nochmal: Es tut mir leid, dass ich euch Sorgen gemacht habe", entschuldigt Louisa sich zerknittert. Sie spürt, dass sie die beiden deutlich überstrapaziert hat.

Der Weg zurück ist easy, weil es nur bergab geht. Louisa kann es nicht lassen, die beiden Freundinnen häppchenweise mit ihrem Abenteuer in der Hütte zu füttern, und schafft es schließlich, das Interesse der Freundinnen zu gewinnen. „...aber, das bleibt erst mal unser Geheimnis, einverstanden? Kein Wort zu irgendwem!", schwört sie die beiden ein.

Abends im Zelt beratschlagen sie, wie sie vorgehen könnten, den Besitzer des Ringes ausfindig zu machen könnten. Aller Stress ist vergessen. Interessiert schauen sie sich die Bilder an.

„Meine Uroma hat so ausgesehen", stellt Lilly fest.

„Guck dir die Autos an, geile Karren, oder?, findet Louisa. „Und die Kinder, mit den komischen Frisuren und Klamotten, die sehen aus wie kleine Erwachsene."

„Hier die beiden auf dem Hochzeitsfoto! Die stehen wie versteinert da. Die gucken total ernst, sehen irgendwie gar nicht glücklich aus, oder?", findet Mia.

„Auf dem Bild hier ist ein Straßenname zu erkennen, Anton Delius Straße , die gibt es hier bei uns, das ist eine Querstraße neben der Gesamtschule."

Als sie einen der Briefe öffnen, sind sie enttäuscht.

„Oh je, das kann ja kein Mensch lesen, was ist das für eine Schrift? Ist das die Sütterlin Schrift?", fragt Mia.

„Kann sein. Mein Opa hat mir die Schrift mal erklärt", erinnert sich Louisa.

„Schade, dann werden wir den Inhalt der Briefe wohl erst mal nicht erfahren", stellt Lilly fest. „An wen sollen wir uns denn wenden, wenn es geheim bleiben soll?", schaut Lilly fragend in die Runde.

„Ich habs! Wir gehen ins Seniorenheim, da kennt uns keiner" ,
schlägt Louisa vor.

„Super! Das wird sicher nicht ganz so abenteuerlich wie heute an der
Hütte", vermutet Mia.

„Das kann man nie wissen, wenn Louisa dabei ist", stichelt Lilly!
Aber ich finde die Idee gar nicht so dumm, also machen wir das!
Vielleicht wird es sogar lustig?"

Es ist Mitternacht, als endlich das Licht ausgeht im Zelt, hinter
Louisas Elternhaus.

*

„Was habt ihr vor?", fragt Anne Dore am nächsten Morgen. „Wir
gehen spazieren, Mama, zum Pferdehof, schummelt Louisa. Sie hat
die Holzschatulle mit dem Ring und den Briefen, in ihrem Rucksack
verstaut.

„Nehmt ihr Gustav mit?" „Ja, kein Problem", antwortet Louisa, und
ruft den Hund zu sich. ›Ist nicht verkehrt, Gustav mitzunehmen‹,

überlegt sie. „Alte Menschen stehen auf was Kuscheliges, dann bekommen wir besser Kontakt", erklärt sie den Freundinnen.

In der Parkanlage der Senioreneinrichtung sitzen die Leute bei Sonnenschein auf Parkbänken oder gehen spazieren. Gustav erweist sich als wahrer Glücksgriff in Sachen Gesprächsbeginn. Sobald er in die Nähe einer Bank kommt, fangen die Leute an zu reden und zu streicheln.

Plötzlich rennt Gustav wie von einer Tarantel gestochen los, und steuert geradewegs auf eine alte Dame zu, die unter einer Linde vor dem Seniorenheim sitzt. Die Begrüßung zwischen den beiden ist herzlich. Louisas ruft den Hund, der sich nur kurz nach ihr umdreht.

„Jacko, lieber Jacko, wo kommst du denn her?" Die alte Dame ist sehr erfreut, und Gustav scheint sie auch zu mögen.

Louisa setzt sich zu der Seniorin auf die Bank und stellt klar, dass der Hund zu ihr gehört und Gustav heißt.

„Dann bist du also das Mädchen, das Jacko bei sich aufgenommen hat?" Langsam dämmert es Louisa, dass es sich bei der Dame um Gustavs Vorbesitzerin handelt. Während Gustav das Interesse verliert und mit Mia und Lilly 'Stöckchen holen' spielt, entspinnt sich ein nettes Gespräch zwischen Louisa und der Seniorin. Sie muss ihr alles darüber berichten, wie sie Gustav kennengelernt hat. Die alte Dame erzählt, dass sie erst vor ein paar Monaten mit Jacko aus den Niederlanden zurückgekommen ist, um nochmal in ihre alte Heimat zurückzukehren. „Nach meinem Sturz, bei dem ich mir einen Oberschenkelhals gebrochen habe, bin ich ins Seniorenheim gezogen." Louisa verspricht, ab und zu mit Gustav vorbei zu kommen, bevor sie Gelegenheit nutzt, um zu fragen, ob sie die Sütterlin Schrift lesen könnte. Die Seniorin sagt, dass sie leider erblindet ist.

„Oh, das tut mir leid!" Louisa ist betroffen! Worauf die Seniorin erzählt, schon mit zwölf Jahren das Augenlicht verloren zu haben.

„Es passierte damals, als die Nazis an der Macht waren. Sie haben Juden, Sinti, Roma oder Behinderte verfolgt und deportiert, sie haben uns abschaffen wollen, viele Millionen von uns umgebracht." Louisa ist bestürzt. „Haben Sie das auch erlebt?" „Nein, wir hatten großes Glück. Aber wir waren davon bedroht. Wir wohnten damals hier in der Anton Delius Straße." Louisa hat das Gefühl, das ihr Herz einen Takt aussetzt. Das ist doch die Straße auf dem Foto! „Ich war elf Jahre", erzählt die alte Dame weiter. Es scheint, als ob sie plötzlich weit weg, in ihrer Erinnerung ist. „Mein Bruder war dreizehn. Mutter schaffte es rechtzeitig, uns bei Freunden zu verstecken, Vater musste eher weggehen, weil er im Untergrund gegen den Nationalsozialismus kämpfte. Wir haben nie wieder von ihm gehört. Er blieb verschollen.

Ich erkrankte in diesem Versteck an Scharlach. Mutter konnte keinen Arzt holen, ohne uns zu verraten. Die Krankheit hat mir das Augenlicht genommen. Es war schlimm, aber wir haben überlebt. Mein Gehör hat mir geholfen zurechtzukommen. Später, als der Krieg vorbei war, habe ich immer einen Hund gehabt, der mich unterstützt hat. Als der Letzte vor einem Jahr starb, bekam ich Jacko. Aber er ist zu jung für diese Aufgabe. Ich bin froh, dass ihr beiden euch gefunden habt. Louisa schweigt berührt. Offenbar spürt die Frau ihre Betroffenheit, und legt die Hand tröstend auf Louisas Arm. „Ich muss leider gehen, sagt sie, gleich gibt es Mittagessen." Louisa will ihr helfen, doch sie lehnt dankend ab. „Das schaffe ich alleine, ich hab es ja gelernt. Aber ich würde mich freuen, wenn du mich nochmal besuchen kommst, ich bin Frau Rosenbaum, Margaretha Rosenbaum.“ „Ja, sehr gerne“, antwortet Louisa spontan, „ich bin Louisa und das sind meine Freundinnen Lilly und Mia.“

„Auf Wiedersehen Louisa“, verabschiedet sich die alte Dame herzlich, „Ja, Tschüss, Frau Rosenbaum.“

›Auf Wiedersehen klingt schon sonderbar, wo sie mich doch gar nicht sehen kann‹, denkt Louisa, und geht zurück zu ihren Freundinnen, die mit Gustav herumtollen.

„Hat sie die Briefe lesen können?“, fragt Mia erwartungsvoll. „Nein, leider nicht, aber ich habe viel über sie erfahren, zum Beispiel, dass sie die Vorbesitzerin von Gustav, alias Jacko ist.“ „Hey, das ist ja krass, so ein Zufall“, findet Mia.

„Und, hilft uns das weiter?“,will Lilly wissen.

„Jein“, antwortet Louisa. „Was denn nun, ja oder nein?“, fragt Lilly.

„Leider ist sie blind. Allerdings hat sie mir erzählt, dass sie als Kind in der Anton Delius Straße gewohnt hat, das ist doch schon mal interessant." Louisa erzählt, was sie sonst noch aus dem Leben der alten Dame erfahren hat.

„Lasst uns die Bilder nochmal in Ruhe anschauen", sagt Mia, „sie heißt Rosenbaum ..., war da nicht auf einem Bild ...,"

„Ja genau! Da war doch dieses Geschäft!", sagt Lilly.

„Und wir müssen wissen, was in den Briefen steht, sonst kommen wir nicht weiter!", sagt Mia.

„Ich denke, wir fragen meinen Opa, es wird eh' Zeit dass ich ihn nochmal besuche" , schlägt Louisa vor, „ was meint ihr?" Die Freundinnen sind einverstanden. Sie mögen Louisas Großeltern, und freuen sich auf Kooky, der sich sicher auch auf Gustav freut.

„Willst du sie einweihen?" „Klar Lilly, müssen wir ja. Außerdem sind meine Großeltern keine Plaudertaschen!"

*

Als nach mehrmaligem Klingeln bei den Großeltern niemand öffnet, geht Louisa hinters Haus in den Garten. Kooky kommt ihr freudig bellend entgegen und begrüßt Gustav. Ein Korb Äpfel steht unterm Apfelbaum und Opa Paul auf der Leiter, um weitere Früchte zu pflücken. „Hallo Opa!" Erfreut seine Enkeltochter zu sehen, kommt er die Leiter runter, um die Mädchen zu begrüßen. „Oma ist auf dem Markt, sie trifft sich mit einer Freundin zum Kaffee, kommt, setzt euch auf die Terrasse, was möchtet ihr trinken, Oma hat Apfelkuchen gebacken, möchtet ihr ein Stück?" „Gerne! Omas Apfelkuchen ist 'ne Wucht, den müsst ihr probieren", schwärmt sie ihren Freundinnen vor.

„Opa ich helfe dir", bietet sie an, und folgt ihm in die Küche. „Was verschafft mir die Freude eures Besuchs?",

„Oh je, Opa, ich hab schon ein schlechtes Gewissen, das ich so lange nicht hier war! Tut mir leid." „Ach mein Schatz, mach dir keinen Stress, als junger Mensch muss man die Welt entdecken, das kann man im Wohnzimmer der alten Großeltern nur bedingt."

„Ja, aber genau aus dem Grund sind wir hier. Du kennst doch die Sütterlin Schrift, ich meine, du kannst sie noch lesen, oder?"

„Natürlich, die habe ich vor fast siebzig Jahren geschrieben, so was verlernt man nicht. Was willst du wissen?" Louisa nimmt den Teller mit dem Kuchen, während Opa das Tablett mit den Gläsern und dem Getränk, raus trägt.

„Also", beginnt sie, als Opa sich gesetzt hat, „wir waren gestern auf dem Donnersberg. Dabei sind wir vom Weg abgekommen und zufällig auf eine Hütte gestoßen, ziemlich versteckt und ..., na ja, ein bisschen unheimlich. Die Hütte scheint schon lange unbewohnt, und ist baufällig. Der Boden ist unter mir eingebrochen." „Hast du dich verletzt?" „Nein!" „Gut!, dann seid ihr vermutlich an der alten Waldarbeiterhütte gewesen, existiert die tatsächlich noch? Da wohnten früher die Waldbauern."

„Aha? Interessant!" erwidert Louisa knapp. „Also, wir haben da oben was gefunden, dass du dir bitte mal anschauen musst." Sie nimmt das Kästchen aus ihrem Rucksack, und stellt es vor Opa Paul auf den Tisch.

„Ohhhh „...wie schön!“, staunt er, „das ist ja was ganz Besonderes, gute Arbeit, edles Holz“, bewundert er das Fundstück. „Weißt du, wie es geöffnet wird?“

„Ja, mehr oder weniger zufällig bin ich an eine kleine Rose seitlich gekommen ..., Aber es geht uns hauptsächlich um den Inhalt, für den wir uns interessieren, Opa.“ Sie nimmt die Schatulle, fühlt seitlich nach dem Röschen bis sich der Deckel mit einem „klack“ öffnet und gibt ihrem Großvater den ersten Brief. Die Mädchen schauen ihn erwartungsvoll an. Er beginnt zu lesen. Seine Stirn legt sich in Falten, immer wieder schüttelt er den Kopf. „Opa, bitte machs nicht so spannend“, drängelt Louisa, „was steht da?“ „Dem ersten Eindruck nach handelt es sich um einen Juden, der sich in dieser Hütte vor den Nazis versteckt hielt. Er schreibt den Brief an seine Familie, die hier im Ort lebte. Weil er im Widerstand gegen Hitler mitgewirkt hatte, musste er untertauchen. Selbst die Familie durfte nicht wissen, wo er sich aufhielt. Ihm war klar, dass ihm die Todesstrafe drohte, wenn sie ihn finden würden. Er schreibt von seiner Angst und Hilflosigkeit und hofft auf ein Wunder, dass sie sich wiedersehen.“

Opa Paul schaut die Mädchen traurig an. „Ich kenne den Namen der Familie", sagt er nach einer Weile, wir kauften oft im Laden der Rosenbaums ein. Sie hatten einen Gemischtwarenhandlung in der ..."

„Anton Delius Straße?", fällt Louisa ihm ins Wort.

„Ja, antwortet er erstaunt, woher weißt du ...?" „Ich hab gestern eine Dame im Seniorenheim getroffen, sie heißt Margaretha Rosenbaum, und weißt du was: Sie ist Gustavs Vorbesitzerin!" „Das ist ja ein Zufall! Das gibt es doch gar nicht! Opa Paul schaut Louisa ungläubig an. „Du hast tatsächlich Margaretha Rosenbaum getroffen? Mein Gott, sie müsste ende achtzig sein, ich war etwa zehn, als ich sie zum letzten Mal sah. Dass ich das erlebe, was für eine Freude!" Er ist sichtlich gerührt. „Paul Chronrath, sagte ihre Mutter, die übrigens auch Margaretha hieß immer zu mir, du bist ja schon wieder ein Stück gewachsen, und was für ein hübscher Junge du bist ..., Das waren ihre Worte, wenn ich in ihren Laden kam. Mein Gott, sie waren plötzlich alle weg, niemand konnte oder wollte auf meine Fragen antworten. Johann Rosenbaum und seine Frau

Margaretha. Die Tochter Margaretha ging in meine Klasse und ihr Sohn Levi war zwei oder drei Jahre älter als ich. Eine ganze Familie! Plötzlich verschwunden! Und es war nicht die einzige Familie. Es war wie eine Mauer des Schweigens. Niemand sprach darüber. Für einen Moment so scheint es, als sei er ganz weit weg in seiner Erinnerung, er sieht traurig aus. Louisa legt sanft ihre Hand auf die seine. „Wir nehmen das Thema Holocaust gerade in der Schule durch. Vor Kurzem haben wir das Buch „Die Welle" gelesen. Da geht's um einen Lehrer, der herausfinden will, ob es auch heute noch möglich ist, Menschen so zu manipulieren so wie damals", erzählt Lilly. „Aber obwohl die Schüler alles über den Nationalsozialismus und seine Folgen wussten, haben sie sich auf eine Hammer Disziplin, absolutem Gehorsam und Gemeinschaftssinn bis hin zur Selbstverleugnung drillen lassen. Sogar einen passenden Gruß haben sie sich ausgedacht! Und wisst ihr was? Die sind voll drauf abgefahren! Irgendwann ist das Experiment total aus dem Ruder gelaufen, der Lehrer hatte keine Möglichkeit, es zu stoppen. Das ist doch irre, oder? Das ist zwar nur ein Buch, aber mir macht der

Gedanke angst, dass es immer noch genügend Leute gibt die so denken, die nichts gelernt haben aus unserer Geschichte, die das alles sogar leugnen!"

„Das kann ich gut verstehen Lilly, aber Angst ist kein guter Ratgeber. Was wir brauchen, ist Mut, um solchen Gesinnungen was entgegenzusetzen! Um die Parolen zu hinterfragen, und uns ganz klar davon abgrenzen. Wir Menschen lassen sich leider allzu leicht beeinflussen und infizieren. Vor allem, wenn wir unzufrieden mit unserer Lebenssituation sind. Wenn wir uns benachteiligt fühlen. Dann kommt Neid ins Spiel auf die, denen es vermeintlich besser geht. Dann werden Sündenböcke gebraucht, die für das Elend verantwortlich sind, die dafür gehasst werden können, auf die man draufhauen kann. Da fallen oft alle Hemmungen. Damals waren es Juden, auch Sinti und Roma, oder behinderte Menschen." erklärt Louisas Großvater.

„Mein Papa hat erzählt, dass aus meiner Verwandtschaft auch ein junger Mann von den Nazis ermordet wurde, weil er Epileptiker war! Ich kapiere nicht, dass Menschen so grausame Dinge tun!", sagt Mia.

Das sind keine Menschen! „Doch, Mia! Es waren tatsächlich ganz normale Menschen, die sich mit diesem Wahn infiziert hatten.

„Aber wie können wir uns heute davor schützen, Opa, wo wir doch alle wissen, was damals passiert ist?"

„Es gibt keine einfache Antwort, Louisa, aber Bildung ist sehr wichtig. Genau Hinhören was die Leute reden und die Dinge hinterfragen, die einem nicht in Ordnung scheinen. Vor allem müssen wir die Mauern in unseren Köpfen und Herzen einreißen. Wir dürfen den Menschen nicht nach Nationalitäten, Religionen und Hautfarben sortieren, sondern in seinem Wesen erkennen. Wir kommen schließlich alle aus der gleichen Quelle, auch wenn wir verschieden sind, das sollten wir nicht vergessen. Stellt die Gemeinsamkeiten in den Vordergrund, nicht die Unterschiede! Konfuzius hat den weisen Satz geformt: „Was man mir nicht antun soll, das will auch ich anderen Menschen nicht antun." Das war übrigens ein Philosoph, der schon lange vor Christus gelebt hat."

„Ja", ergänzt Mia, „und Jesus hat gesagt: Du sollst deinen nächsten lieben wie dich selbst."

„Opa, warum habt ihr es denn nicht geschafft, ich meine es gibt immer noch so viele Nazis, und das mit Hitler war vor über siebzig Jahren?" „Du hast Recht, Louisa. Es war lange Zeit kein Thema, mit dem man sich auseinandersetzen wollte. Nach dem Krieg waren die Menschen damit beschäftigt zu Überleben und dem Wiederaufbauen. Sie hatten Sorgen satt zu werden, wollte einen Neubeginn. Niemand wollte sich jetzt mit dieser Schuld belasten. Die meisten gaben vor, nichts davon gewusst haben. Aber die Gesinnung war noch in den Köpfen. Die meisten Menschen sind Hitler blind gefolgt. Gehorsam sein, das war sehr tugendhaft. Schon wir Kinder mussten in die Hitlerjugend eintreten, und den Arm zum Gruß hochheben, sonst gabs drastische Strafen von der Obrigkeit! Angst und Druck macht die Menschen zu willigen Befehlsempfängern. Nach dem Krieg gab es die Nürnberger Prozesse, wo die Alliierten Verantwortliche zur Rechenschaft zogen. Dennoch sind viele alte Nazis wieder in Amt und Politik gegangen, ohne Strafe! Erst sehr viel später, in den 1970er Jahren wurde so was wie eine größere Aufklärungskampagne im Fernsehen gestartet. Viele, vor allem junge Menschen, waren zutiefst schockiert. Trotzdem gibt es bis heute Leute, die leugnen, was passiert ist. Du siehst, es ist wichtig darüber zu reden, damit es nicht vergessen wird. Es gibt nur noch wenige Zeitzeugen. Daher sind auch Gedenkstätten so wichtig! Weißt du, diese politische Gesinnung ist wie ein Virus das sich in der Bevölkerung versteckt und eingenistet hat. Es ist noch nicht ausgemerzt." Louisa stellt fest, dass ihr Großvater das erste Mal so viel darüber spricht. Auch von ihren Eltern hat sie wenig erfahren.

„Wenn wir die Briefe nicht gefunden hätten Opa, hättest du dann davon erzählt?"

„Du hast Recht Louisa, vermutlich nicht! Es ist kein erfreuliches Thema, es braucht manchmal einen Anlass, um zu sprechen."

„Gibt es denn kein Mittel gegen das Virus?" ‚fragt Mia. „Schau Mia, wir leben heute in einer freiheitlichen Demokratie und hören was um uns herum passiert, können die Dinge offen ansprechen, das ist schon ein gutes Mittel."

„Wir haben ein paar Typen in der Schule, die sind total krass, die Mobben und Pöbeln vor allem gegen Ausländer. Da würde ich mir jede Reaktion verkneifen. Man zieht immer den Kürzeren!", erzählt Louisa.

„Dafür gibt es Eltern, Lehrer und Gesetzeshüter die reagieren können,... und ich bin auch noch da", antwortet Opa ernst. „Aber du weißt echt nicht, wie die drauf sind, Opa!"

„Da siehst du mal, Louisa, wie schnell man sich duckt vor solchen Leuten, und ihnen dadurch nur noch mehr Macht gibt! Aber für heute ist es genug, Kinder. Machen wir morgen weiter", sagt Louisas Großvater sichtlich geschafft.

„Danke Opa, du hast Recht, mir raucht der Kopf."

„Dann solltet ihr euch dringend abkühlen, weißt du was?, Ich spendiere euch ein Eis, was haltet ihr davon?" Er drückt seiner Enkelin zehn Euro in die Hand. „Lasst es euch gut schmecken, ihr drei!"

„Mhmm, danke, das ist eine super Idee! Opa, du bist der Beste! Ich glaub ich brauch mindestens drei Bällchen, um wieder runter zu kommen."

Im Gegensatz zu den beiden letzten Tagen bleibt die Stimmung der Mädchen gedämpft. Vieles bewegt sie.

*

Louisas Großvater hat beschlossen, keine weiteren Briefe zu lesen. Er kennt nun den Absender und er kennt Frau Rosenbaum, die rechtmäßige Empfängerin. Als die Mädchen am nächsten Tag kommen, um weitere Neuigkeiten aus den Briefen zu erfahren, überrascht er sie mit etwas anderem. Oma hat auf der Terrasse den Tisch gedeckt, Tee und Limonade bereitgestellt. Es duftet nach frischen Waffeln. Als sie Platz genommen haben, erzählt nun auch Oma, dass sie etwas zu der Geschichte weiß. „Ich war noch ein kleines Mädchen, als meine Eltern eines Tages von der alten Waldhütte gesprochen haben, wo sich jemand versteckt hielt. Eines abends hörte ich meine Mutter weinen. Vater war dort gewesen, um diesem Mann Lebensmittel und Medikamente zu bringen. Er war zu spät. Der Mann war an einer Lungenentzündung gestorben. Es war ein harter Winter 1941. Sie haben Johann, wie sie ihn nannten, nachts vom Donnersberg geholt und hier auf dem Friedhof anonym begraben. Meine Mama hat sein Grab gepflegt. Es hat sich also höchstwahrscheinlich um den Vater von Margaretha gehandelt."

„Manno, bin ich froh, dass wir ihn da oben nicht gefunden haben" schaudert es Lilly. „Oh je, das wäre ein Schock gewesen, das will ich mir gar nicht vorstellen", sagt Louisa. „Auf jeden Fall wird Frau Rosenbaum sehr traurig sein, wenn sie das erfährt, dass ihr Vater da oben gestorben ist."

„Ich denke, es tröstet sie, wenn sie endlich weiß, wo er begraben liegt", findet Oma.

„Und wir, nein hauptsächlich Louisa hat das Rätsel um ihren Vater gelöst!", sagt Lilly.„Stimmt nicht, das war Teamwork!", stellt Louisa richtig. „Auf jeden Fall war es gute Arbeit!" lobt Opa!" „Ich denke, in Anbetracht der Dinge ist es besser, wenn Oma und ich der Frau Rosenbaum einen Besuch abstatten, um ihr die traurige Geschichte um ihren Vater und seinen Nachlass zu überbringen. Seid ihr damit einverstanden?"

„Keine Frage, ja sicher, das ist besser", bestätigt Mia, und spricht ihren Freundinnen aus der Seele.

„Übrigens, der Ring ist wertvoll, ich habe ihn gestern vom Juwelier begutachten lassen."

„Wie wertvoll ?", fragt Lilly. „Nach seiner Einschätzung mehrere tausend Euro!" „Boah", staunt sie, das ist ja irre! „Dann wird sich Frau Rosenbaum sehr freuen, Opa, wann geht ihr zu ihr?"

„Ich würde vorher gerne noch einmal mit euch zur Hütte, vielleicht finden wir den einen oder anderen Hinweis auf Johann Rosenbaum, was haltet ihr davon?" „Ich finde das super, Opa ...,was sagt ihr? ‚fragt Louisa ihre Freundinnen. „Klar, super! Wann?" „Immer langsam, Kinder, für heute ist es zu spät, aber morgen früh können wir gerne eine Wanderung auf den Donnersberg unternehmen, wenn ihr wollt." Schön, dann gehen wir nochmal wandern", freut sich Louisa. „Und was darf ich dazu beitragen?", fragt Oma. „Meine Liebe, du würdest uns mit einem Lunchpaket erfreuen" , antwortet Opa angetan.

*

Anne Dore ist etwas erstaunt, als sie erfährt, dass die Mädchen schon wieder Wandern wollen, und das mit Opa! „Zumindest sind sie dann in guter Obhut", meint Oliver, „er kennt sich da oben gut aus, vor allem in der Höllenschlund Höhle, und am Wolfskopf." „Meine Güte, gibt es nichts harmloseres auf dem Donnersberg?", fragt Anne Dore irritiert. Es ist noch früh, als die Mädchen sich zum vereinbarten Treffpunkt aufmachen.

„Der Weg scheint mir viel kürzer als sonst", findet Lilly. „Ja klar, erstens, weil Opa das Picknick trägt und zweitens: Wenn man einen Weg schon einmal gegangen ist, scheint er nicht mehr so lang."

„Klar, du Neunmalkluge", feixt Lilly.

„Setzen wir uns wieder auf die Lichtung?"   „Nein Mia, ich denke wir machen Picknick bei der Hütte, dann haben wir mehr Zeit uns in aller Ruhe umzuschauen."

Sie finden den Weg dorthin auf Anhieb. Louisas Großvater ist erstaunt, in dieses Dickicht hat er sich gefühlte hundert Jahre nicht verirrt, die Hütte war in Vergessenheit geraten. Er zieht die Türe weit auf. So hat er den Innenraum mit dem Loch im Boden gleich im Blick, kann sich Gedanken darüber machen, wie er es reparieren will. „Wie wär's, wenn ihr Omas Lunchpaket auspackt, Wandern macht mich immer hungrig. Ich schau mich inzwischen nach brauchbarem Material für den Boden um." Werkzeug hat er praktischerweise gleich mitgebracht. An der Rückseite der Hütte entdeckt er einige Bretter, die relativ geschützt unter dem Vorsprung des Daches liegen. „Das ist perfekt, die sehen ganz passabel aus", freut er sich. Zur Probe legt er ein Brett über das klaffende Loch im Fußboden und stellt sich darauf. „Prima! Das hält uns aus."

Er ruft die Mädchen, und erklärt seinen Plan. „Die Bretter legen wir quer über das Loch, ich denke die Seitendielen dürften noch ganz in Ordnung sein. Sein Plan geht auf. Nach einer halben Stunde ist das Loch, bis auf eine Öffnung für die Leiter abgedeckt. „Jetzt brauchen wir nur noch eine Leiter um nach unten zu gelangen", sagt Louisa. „Das ist kein Problem, Louisa, ich suche zwei Stämmchen, von einer Birke zum Beispiel, und ein paar kürzere für die Sprossen. Dann ist die Leiter schnell gebaut. Hab alles dabei, was wir brauchen", verkündet er stolz. „Opa, du bist echt Spitze", lobt Louisa begeistert. Nachdem sie Omas Picknick genossen haben, baut Opa Paul die Leiter. Er testet alles noch einmal auf Stabilität, und gibt den Mädchen sein okay. „Aber ihr solltet trotzdem vorsichtig sein, verteilt euch ein wenig, zwei unten, zwei oben, und ich gehe am besten als Erster runter." „Dann gehe ich mit dir, Opa", sagt Louisa. Da der untere Raum sehr dunkel ist, nehmen sie noch eine Tisch Taschenlampen mit. Als Erstes zeigt Louisa ihrem Großvater die Schranktüre, die den Tunnel verbirgt. Der Gedanke daran verursacht ihr jetzt noch Bauchweh.

„Du warst sehr leichtsinnig, Louisa, als du dadurch gegangen bist! Da hätte vieles schief gehen können", findet Opa.

„Ja, du hast recht, ich hatte aber auch wenig Alternativen, Opa!" Sie schließt die Türe und wendet sich dem Regal zu. Opa hat schon ein paar Bücher auf den Tisch gelegt und blättert darin. Louisa zieht die restlichen Bücher vom Regal. Irgendetwas fällt zu Boden. Sie bückt sich, um nachzusehen. Es ist ein weiterer Brief. Louisa hebt ihn auf und fühlt, dass etwas Festes darin ist. Sie ertastet einen flachen länglichen Gegenstand: „Ich hab noch was gefunden Opa", verkündet sie stolz, „Hey ihr zwei, ich hab was!" ,ruft sie nach oben.

„Zeig doch mal, was du hast, Schatz", bittet Opa. Sie reicht ihm den Umschlag. „Es fühlt sich an wie ein Schlüssel oder so ähnlich", vermutet Louisa. „Mach es nicht so spannend" , drängt Lilly die Freundin, „willst du nicht nachsehen", fragt auch Mia. „Nein Kinder, das geht jetzt nicht mehr", stoppt Opa Paul die Neugier der Mädchen. „Wir wissen ja nun, wer der Verfasser der Briefe war und an wen sie gerichtet sind. Ab jetzt gilt das Briefgeheimnis!" Etwas enttäuscht sind die Mädchen schon, sehen aber ein, dass er Recht hat. Opa Paul verspricht, sich umgehend mit der zuständigen Leitung des Seniorenheims in Verbindung setzen möchte, um zu checken ob Frau Rosenheim diese Nachricht verkraften kann.

„Das ist gut", meint Mia, „stellt euch vor sie kriegt vor Aufregung einen Herzanfall, und würde nie von den Nachrichten ihres Vaters erfahren." „Du hast Recht, ich stelle mir das sowieso voll krass vor, nach so langer Zeit!", stimmt Lilly ihr zu.

Die weitere Suche in der alten Hütte ergibt nichts Neues. Daher verschließt Opa Paul die Türe mit einem Schloss. „Wenn wir uns beeilen, sind wir zum Mittagessen zu Hause", drängt Opa und geht zügig voran. Am Abend surrt Louisas Handy, „Opa ruft an!", teilt sie den Freundinnen aufgeregt mit. Sie stellt auf Lautsprecher, sodass sie mithören können. „Kinder", ruft Opa Paul erfreut, ich habe Frau Rosenbaum die Nachricht überbracht und auch den Nachlass überreicht. Natürlich habe ich ihr auch erzählt, wie und wo ihr die Dinge gefunden habt. Ihr könnt euch denken, dass es eine sehr emotionale Begegnung mit der Vergangenheit war. Sie war traurig und dankbar zugleich. Sie weiß jetzt, wo ihr Vater begraben liegt, das war ihr das Wichtigste. Sie lädt euch übrigens für morgen ein und möchte sich persönlich bedanken. Sie kann es gar nicht abwarten euch zu treffen, ich soll euch herzlich grüßen".

„Voll heftig", kommentiert Louisa, „klar gehen wir hin, kommst du mit, Opa?" „Nee Schatz, macht euch keine Sorgen, das schafft ihr ganz alleine", lacht er, „Tschüss, und gute Nacht ihr drei!"

Schon in aller Frühe wird es lebendig in dem kleinen Zelt. Anne Dore steht am Küchenfenster und schüttelt den Kopf. ›Was ist das nur für eine Geheimniskrämerei? In den letzten Tagen waren die drei wirklich nur unterwegs. Möchte wissen, was da so abgeht‹, denkt sie.

Während des Frühstücks sind die Mädels erstaunlich schweigsam. Auf Anne Dores Frage, was sie heute so geplant haben, antwortet Louisa recht einsilbig: „Mal sehen, spazieren gehen, oder so."

„Nehmt ihr Gustav mit?" „Ja, sicher, machen wir, Mama." Das beruhigt Anne Dore ein bisschen.

*

Frau Rosenbaum sitzt im Garten, als die Mädchen kommen und erwartet sie bereits. Sie bittet sie, mit ihr in ihr Appartement zu gehen, damit sie ungestört reden können.

Nachdem alle Platz genommen haben, räuspert sie sich mehrmals, es fällt ihr offenbar schwer, die richtigen Worte zu finden. „Ihr lieben Mädchen, ich weiß nicht wo, und wie ich beginnen soll, es ist ein so berührender Augenblick. Ich habe fast ein ganzes Leben gehofft etwas über meinen Vater zu erfahren …" Gerührt wischt sie sich über die Augen. „Ich danke euch so sehr für alles was ihr mir gegeben habt und für euer Interesse an dieser Geschichte. Dass ihr es nicht einfach für euch behalten habt, sondern geforscht habt. Wisst ihr, noch vor ein paar Wochen habe ich in den Niederlanden bei meiner Familie gelebt. Irgendetwas hat mich bewogen noch einmal in meine alte Heimat zu kommen, jetzt weiß ich, dass es eine Fügung war. Es war nicht umsonst! Und dass ich meinen alten Schulkameraden Paul noch einmal wiedersehen würde, hätte ich im Traum nicht für möglich gehalten. Aber nun möchte ich euch auch den Rest der Geschichte erzählen, das bin ich euch schuldig, damit ihr alles versteht. Im Jahr 1941, als klar war, dass Deutschland kein Ort ist, wo Juden überleben konnten, und auch unsere Stadt „gesäubert" wurde, ist meine Mutter mit uns und einer weiteren Familie geflohen. Ein Bauer aus dem Ort hat uns geholfen. Er hat uns bei Nacht und Nebel nur mit dem Nötigsten in einem leeren Milchwagen bis an die niederländische Grenze gefahren. Von da mussten wir alleine weiterkommen. Wir hatten Freunde in Venlo, sie haben uns aufgenommen und versteckt. Ohne meinen Vater, der kurz zuvor verreist war, wie Mama uns erzählte. Heute weiß ich, dass er untertauchen, also sich verstecken musste, vor den Nazis. Wir hatten keine Ahnung, wo. Von da an haben wir nichts mehr von ihm gehört. Als wir nach dem Krieg 1949 zurück nach Deutschland kamen, war unser Haus dem Erdboden gleichgemacht. Wir sind in eine Notunterkunft gegangen. Alle Versuche Vater zu finden schlugen fehl. So sind wir wieder zurück in die Niederlande.

Der Schlüssel, der sich im Umschlag befand, gehört tatsächlich zu einem Bankschließfach. Als letztes noch lebendes Kind der Familie habe ich einen Anwalt gebeten das Schließfach zu öffnen. Er hat mir heute Morgen den Inhalt überbracht. Es ist die Nachricht unseres Vaters, dass er sich in dieser Hütte im Wald versteckt hält, solange er sich nicht sicher fühlt. Auch er hielt die Flucht nach Holland für eine Option. Er hoffte auf ein Wiedersehen, hinterlässt hier seinen Ehering und seine wertvolle Taschenuhr. Es ist ein sehr persönlicher

Brief, sehr persönlich ...„ihr versteht." Die alte Dame wischt sich Tränen aus den müden Augen.

Louisa ist jetzt froh ihn nicht geöffnet zu haben.

„Wir haben damals wirklich alles versucht Vater zu finden, mit dem Roten Kreuz, und anderen Institutionen. Er ist nie in den Niederlanden angekommen. Er galt schließlich als verschollen, wie so viele andere auch." Sie schaut schweigend auf ihre Hände. Louisa fällt auf, dass sie alle bisher nur still zugehört haben, aber was hätten sie zu dieser Geschichte auch sagen sollen? Manchmal ist es, besser einfach mal den Mund zu halten, wenn man eh' nicht die richtigen Worte findet. „So, liebe Kinder ...", beginnt Frau Rosenbaum feierlich, „jetzt möchte ich auch euch eine Freude machen. Ich habe die Familie meines Sohnes in Holland über eure Entdeckung informiert. Sie möchten sich gerne persönlich bei euch bedanken und laden euch ein. Sie haben ein Haus auf Zeeland, in Domburg, das ist unmittelbar an der Nordsee. Deine Großeltern Louisa, würden euch begleiten, mit Paul habe ich schon gesprochen. Vorausgesetzt ihr seid einverstanden. Es wäre uns eine große Ehre! Damit haben die

Freundinnen nicht gerechnet, endlich finden die drei ihre Sprache wieder und bedanken sich wortreich für die Einladung. Jetzt gilt es nur noch die Eltern endlich aufzuklären, aber dabei hilft Opa bestimmt gerne.

*

„Das kam uns doch gleich so geheimnisvoll vor, was die Mädels da im Zelt bis nachts zu bequatschen hatten",sagt Oliver. „Gut dass wenigstens du informiert warst, Papa", bemerkt er leicht pikiert. „Na ja, die Mädchen brauchten meine Hilfe, weil sie die Briefe nicht lesen konnten,... Sütterlin Schrift", klärt Opa die Situation. „Und du meinst wirklich, sie sollten die Einladung annehmen?", fragt Anne Dore besorgt. „Natürlich sollten sie das!" Im Übrigen sind Oma und ich mit dabei, falls euch das beruhigt. Eine eindringlichere Geschichtslektion zu diesem Thema können sie so leicht nirgends bekommen, ich betrachte das geradezu als Bildungsurlaub!" „Da hast du Recht Papa", nickt Oliver.

„Wann fahrt ihr denn los?" ,will Anne Dore wissen. „Morgen früh um elf, mit dem Intercity, Frau Rosenbaum hat ihren Anwalt mit der Organisation der Reise beauftragt". Sie haben ja nur noch sechs Tage Ferien, das wollen wir ausnutzen. „Wie nobel!" , staunt Anne Dore.

„Und wohnen werden wir im Ferienhaus der Familie Rosenbaum in Zouterlande, direkt am Meer", ergänzt Opa stolz. „Hört sich gut an", findet Oliver, „ und wie lange bleibt ihr dort?" „Fünf Tage hat sich die Familie Rosenbaum für uns freigehalten", antwortet Opa.

„Okay, dann müssen wir mal ganz flott die Tasche packen", findet Anne Dore. „Meine Güte Dorchen, das wird unsere Tochter ja wohl selber können, oder?" „Hast ja recht Oliver, manchmal staune ich, wie erwachsen Louisa schon ist". „Wo bleibt sie eigentlich?" „Bei Königs", antwortet Opa Paul, „Mia und Lilly müssen schließlich auch noch die Tasche packen. Mit den Eltern hab ich schon gesprochen und die Erlaubnis für die Reise eingeholt." „Einen Opa wie dich hätte ich auch gerne gehabt, schmunzelt Oliver. „Ja, mein lieber Sohn, als Papa oder Mama hat man immer zu wenig Zeit für seine Kinder, dafür sind halt die Großeltern da!"

*

Die Reise im Intercity ist sehr entspannt, und etwas ganz Besonderes für die fünf Reisenden. In Hochgeschwindigkeit und fast lautlos düst der Zug durch die Landschaft. Nach knapp viereinhalb Stunden sind sie am Ziel, wo sie von den Gastgebern am Bahnsteig erwartet werden. Familie Rosenbaum, die aus den Eltern Hanne und Jo, den Töchter Elsa und Nette, dem Sohn Ben und dem Husky Frido besteht, nehmen sie herzlich in Empfang. Das Ferienhaus erweist sich als umgebauter Bauernhof. Urig, gemütlich und sehr geschmackvoll eingerichtet, lädt es dazu ein, sich richtig wohl zu fühlen. Der große Tisch im Esszimmer ist der Familientreffpunkt fürs Essen, erzählen und fröhliche Spielrunden. Mindestens viermal müssen die Besucher aus Deutschland die Geschichte der Hütte schon am Tag der Ankunft erzählen, während die Großeltern viele

Fragen aus der Zeit vor dem Krieg beantworten. Vor allem die Bilder aus der Schatulle sind ein wertvolles Zeitzeugnis für die Familie.

Opa erzählt mit Begeisterung davon, wie Frau Rosenbaum ihn im Geschäft so oft begrüßt hat,... „Paul Chronrath" ,sagte sie zu mir, „du bist ja schon wieder ein Stück gewachsen, und was für ein hübscher Junge du bist!" Gemeinsam mit Opa freuen sie sich über das nette Kompliment und es fühlt sich irgendwie an, wie ein gemeinsames Stück Familiengeschichte, dass sie hier zusammengeführt hat. Nach fünf wunderschönen Tagen steht für alle fest, dass sie Freunde fürs Leben geworden sind.

Rettung aus höchster Not

„Lasst uns heute was Besonderes machen", schlägt Mia vor. „Die Sonne scheint, wir haben schulfrei, das passt doch!"

„Was meinst du mit „Besonderes?" ,fragt Lilly.

„Reiten, zum Beispiel", antwortet Mia.

Louisa verdreht die Augen. „Ich würde gerne ein Eis essen, Klamotten gucken oder so." „Das könnten wir auch Samstag, dann läuft nämlich der neue Film von 'Bibi &Tina' an, was meint ihr?"

„Okay, stimmt, das macht Sinn", gibt Louisa zu. „Dann auf zu den Pferden, ruft Mia begeistert.

„Na gut..., Monky braucht eh mehr Bewegung, der wird sonst zu fett, rechtfertigt Louisa den Vorschlag der Freundin.

„Wohin denn eigentlich?" „Zur Hütte!", schlägt Lilly vor. „Gut, allerdings nur, wenn es nicht wieder zum Abenteuertrip mutiert", wendet Mia ein. Louisa beteuert, sich diesmal zurückzuhalten. Sie läuft ins Haus, um Käsecreme, Baguettes und was zu trinken einzupacken. „Nimm ein bisschen Essig und Öl mit", ruft Lilly ihr hinterher. „Wozu das denn?", will Louisa wissen. „Ich hab eine Idee, lasst euch überraschen!", Lilly tut geheimnisvoll. Das wird das perfekte Picknick, freut sie sich insgeheim.

„Wo wollt ihr denn hin?", fragte Anne Dore, die vom Einkaufen kommt. „Wir reiten zur Hütte, Mama! Die Pferde brauchen Bewegung", „Nehmt euch was zu essen und zu trinken mit, und vergesst das Handy nicht!"

„Alles schon dabei, Mama!", ruft Louisa fröhlich, „bis später!" „Keine Bange", beruhigt Oliver Anne Dore, die den Mädchen skeptisch hinterherschaut. „Die wissen schon was sie tun." „Na, dann kann ja nichts schiefgehen!", antwortet Anne Dore, doch ganz überzeugt ist sie nicht. Gustav hat sich überlegt mitzukommen und rennt den Dreien hinterher. Die Mädchen freuen sich über seine Reisebegleitung. Mit den Pferden sind sie flugs auf der Lichtung. Den Weg durchs Gestrüpp wollen sie den Tieren nicht zumuten. Sie binden sie an einen Baum nahe der Lichtung, wo genügend Gras und Schatten ist. Mittlerweile ist das Dickicht einem breiteren Pfad gewichen. Dafür haben Opa und Papa gesorgt. Auch die Bank ist repariert und zusammen mit einem derben Holztisch zu einem einladenden Plätzchen gestaltet. Louisa packt das Lunchpaket aus, und Lilly rückt mit ihrer Überraschung heraus. Sie hat in der Schule einer Kräuter AG teilgenommen, möchte das erlernte Wissen um essbare Kräuter heute unter Beweis stellen.

„Ich mache uns einen Salat aus essbaren Kräutern, die wir hier im Wald pflücken und ihr könnt mir dabei helfen, das ist easy, und super gesund!" „Also ich hab keine Ahnung davon", gesteht Mia sofort. „Und ich erst recht nicht", versucht Louisa, den Tatendrang der Freundin zu stoppen.

„Macht nichts", antwortet Lilly leichthin, und holt ein Büchlein über Kräuterkunde aus ihrem Rucksack: „Wildkräuter und ihre sichere Verwendung" , hier sind die Essbaren abgebildet, schaut sie euch genau an. Zu dritt haben wir ruck zuck genug für einen leckeren Salat!"

›Auch gut‹, denkt Louisa, ›wir wollten ja was Besonderes machen.‹ Wider Erwarten macht das Sammeln der Kräuter Spaß, und Lilly zeigt sich zufrieden mit der Ausbeute.

„Super!", freut sie sich! Aber für die Optik könnt ihr noch ein paar Beeren dazu pflücken. Das Auge isst ja bekanntlich mit. Da drüben gibt's Heidelbeeren und wilde Himbeeren, die kennt ihr ja sicher." Die Mädchen sammeln eifrig.

Lilly ist ganz in ihrem Element, sie wäscht die Kräuter an der Quelle neben der Hütte und zerpflückt sie. Louisa gibt die Beeren dazu. Die Picknickbox dient als Salatschüssel. Mia deckt den Tisch. „Super Teamwork!", lobt Lilly. Es sieht köstlich aus! Die Sonne scheint, die Vögel zwitschern, was für ein perfekter Tag! Gustav liegt entspannt unter dem Tisch und döst. Louisa hält ihm ein Stück Wurst unter die Nase. Dankbar schnappt er zu. Die Mädchen reden und lachen, während sie essen. Doch mit der Zeit werden sie immer stiller. Irgendwann wird Gustav unruhig. Der kluge Hund merkt, dass die drei eingeschlafen sind. Er springt auf die Bank zu Louisa, schnuppert an ihrem Gesicht und stupst sie an. Doch selbst auf sein

Bellen reagiert sie nicht. Auch Lilly und Mia scheinen fest zu schlafen. Gustav spürt instinktiv, dass er Hilfe holen muss. Er rennt den weiten Weg zurück, bis ihm die Zunge zum Maul heraushängt. Zuhause angekommen, bellt er solange, bis Anne Dore erstaunt die Türe öffnet. „Ja Gustav, wo kommst du denn her", fragt sie irritiert, „Ich dachte, du bist mit den Mädchen zur Hütte?" Doch Gustav lässt nicht locker. Er bellt unentwegt, und läuft in Richtung Wald und wieder zurück. Anne Dore versteht, dass irgendwas nicht in Ordnung ist und ruft Oliver an, der als Berufsfeuerwehrmann tätig ist. Vergeblich versuchen sie, Louisa auf dem Handy zu erreichen. Oliver kommt mit dem Geländewagen der Feuerwehr. Sicherheitshalber hat er einen Kollegen, der Rettungssanitäter ist, um Unterstützung bei der Suche nach den Mädchen gebeten. Mit dem Fahrzeug schaffen sie es ohne Probleme bis zur Lichtung. Den Rest des Weges, bis zur Hütte, rennt Oliver durch den Wald. Dort findet er die drei. Louisa ist von der Bank gefallen. Sie blutet am Kopf. Alle drei schwitzen, zittern, und sind ohne Bewusstsein. Der Sanitäter vermutet sogleich eine Vergiftung und ruft den Notdienst. Als der

Notarzt eintrifft, legt er den Mädchen eine Infusion an, und setzen ihnen Sauerstoffmasken auf. Louisas Augenlider flattern, sie scheint wach zu werden. Oliver tupft ihr Gesicht mit Wasser ab. Mir ist schlecht, flüstert sie, dann schläft sie wieder ein. Der Arzt hat den Hubschrauber angefordert. Er will auf der Lichtung landen. Die Pferde scheuen, Anne Dore kümmert sich um sie, und hat Not, sie zu beruhigen. Oliver hilft, Mia als erste zum Helikopter zu transportieren. Anne Dore läuft zurück zur Hütte, um bei Louisa zu sein bevor sie in den Heli gebracht wird. Plötzlich fällt ihr der Salat mit den Beeren auf, der auf dem Tisch steht. Sie nimmt die Schüssel und läuft zu dem Arzt. „Die Beeren" ruft sie aufgeregt, „ich glaube, es sind die Beeren!" Der ist dankbar für den wichtigen Hinweis und fliegt die drei Patientinnen in eine Spezialklinik. Der hilfsbereite Kollege von der Feuerwehr führt die Pferde zurück in den Ort, und Oliver ruft die Eltern der Freundinnen an, um sie zu informieren.

„Das ist gerade nochmal gut gegangen", berichtet der Arzt den aufgeregten Eltern im Krankenhaus. „Es waren tatsächlich die Beeren! Die blauen Beeren ähneln der Heidelbeere, sind aber

Rauschbeeren und der rote Traubenholunder ist ebenfalls nur bedingt genießbar. Die Mädchen haben einen guten Schutzengel gehabt!", sagt der Mediziner.

„Ja", antwortet Mia schwach, „und der heißt Gustav!".

Anne Dore weint ein bisschen. Wenn Gustav nicht gewesen wäre, dann …! sie mag es sich nicht vorstellen."

Louisa kann schon wieder lächeln. „Ja, du guter Gustav, du bist so ein kluger Hund, hast mich schon zum zweiten Mal gerettet, was wäre ich ohne dich?" Sie umarmt den schwarzen Zottel liebevoll und wuschelt ihm durchs Fell. „Und Mia und mich auch!" meldet sich Lilly zu Wort! Es tut mir echt leid, ich glaube, die Idee mit den Beeren war großer Mist."

„Aber ich gebe zu, das Sammeln hat Spaß gemacht, findet Mia. „Was haltet ihr von der Idee, den nächsten Kräuterkurs gemeinsam zu machen? Ich fand es auf jeden Fall spannend!" , fragt Louisa. „Ihr seid mir nicht böse?", fragt Lilly.

„Na ja, die Überraschung ist ziemlich in die Hose gegangen, aber schließlich haben wir die Beeren, gepflückt!", stellt Mia klar.

„Also, Kinder, mein Bedarf an derlei Überraschungen ist erst mal gedeckt", vermeldet Oliver. „Es wäre schön, wenn ihr mal was völlig Harmloses unternehmen würdet."

„Aber Papa, was ist denn völlig harmlos? Man kann auch von ganz normalem Essen krank werden, oder von sonst was. Denk an deinen gebrochenen Fuß beim Altherren Fußball! Und: Im letzten Sommer Urlaub, hast du drei Tage nach einem Softeis ...", „Nein bitte nicht die Geschichte, Louisa, mir wird gleich wieder übel", unterbricht Oliver seine Tochter. „Du hast Recht mein Schatz, es kann immer und überall was schief gehen. Trotzdem sollt ihr achtsamer sein, damit ihr weiterhin jede Menge Spaß haben könnt."

„Mein kluger Mann", lobt Anne Dore, und gibt ihm einen Kuss auf die Wange.

„Bis Samstag haben wir drei Tage Zeit wieder fit zu werden", plant Louisa die nächste Aktion, „Dann können wir ins Kino gehen, und den neuen Film gucken. Bis dahin schmeckt das Erdbeereis auch wieder", freut sie sich.

„Scheinbar geht es euch dreien wieder ganz gut", freut sich Anne Dore erleichtert. „Aber unser Gustav, der bekommt heute schon eine extra Wurst", beschließt sie, und alle sind sich einig, dass er sich die redlich verdient hat.

Der Überraschungs- Urlaub

Unentschlossen steht Louisa vor ihrem Kleiderschrank. Der offene Koffer auf ihrem Bett ist noch halb leer. Schlaf- und Unterwäsche, Socken, die Kulturtasche mit allem was wichtig ist, hat sie schon hineingepackt. „Aber welche Kleider, Pullis und Hosen soll ich mitnehmen, und vor allem welche Schuhe?", überlegt sie angestrengt. Sie nimmt das Handy und ruft Lilly an. „Hi Prinzesschen, hast du den Koffer schon gepackt?" , fragt sie aufgeregt. „Nicht wirklich, antwortet Lilly, aber ich habe schon sechs Kleider ausgewählt, das Gelb gestreifte, das Blaue, das Weiße ...", nach einer halben Stunde weiß Louisa alles über den Kofferinhalt der Freundin und verabschiedet sich. Gestern hat Lillys Vater, Balduin König, den drei Freundinnen überraschend einen sechstägigen Aufenthalt bei seiner Schwester Isabel in der Schweiz spendiert. Die Sommerferien haben gerade erst begonnen und Louisas Eltern haben gleich zugestimmt. Sie nimmt ihre drei schönsten Kleider vom Haken und legt sie sorgfältig in den kleinen Koffer. Die zwei neuen Jeans, die Anne Dore gestern im 'Sale' gekauft hat, acht T-Shirts und das Jeans Jäckchen mit Glitzersteinchen. Das müsste reichen. Gerade will sie den Koffer schließen, als Anne Dore anklopft, und die Zimmertüre öffnet. „Darf ich reinkommen?", fragt sie. „Bist du schon fertig mit Packen, Louisa? Hast du auch an feste Schuhe gedacht und dickere Pullis?" „Mama, wir fahren in ein Chalet, das ist sicher keine Hütte auf dem Berg, da brauche ich keine derben Schuhe und Pullover!" Anne Dore schaut besorgt zu, als Louisa ihren Koffer schließt. Eine knappe Stunde später stehen Lilly und Mia vor der Türe, um Louisa abzuholen. Sie verabschiedet sich von der Familie und knuddelt den Familienhund Gustav. Lillys Vater hat es sich nicht nehmen lassen, die Mädchen in seinem Bentley zum Zug zu bringen. Von da an fahren sie alleine weiter, im Intercity. Für Louisa und ihre Freundinnen ist es der erste gemeinsame Urlaub, ohne Begleitung Erwachsener. Die Reise beginnt morgens um acht, und dauert fast neun Stunden. Der Intercity ist sehr komfortabel. Sogar ein Tisch im Speisewagen ist für sie reserviert. „Wie ein fahrendes Hotel," schwärmt Louisa. Die Landschaft fliegt an ihnen vorbei, während sie essen, spielen oder lesen. Am späten Vormittag werden sie von einer Zugbegleiterin zum Lunch in den Speisewagen begleitet. Eine Durchsage informiert, dass der Zug in vier Stunden den Hauptbahnhof Bern erreicht, und damit in der Schweiz ankommt. So bleibt ihnen viel Zeit fürs gemütliche Essen und das Zusammenpacken ihrer Reiseutensilien.

Als Lillys Handy um kurz nach sechzehn Uhr klingelt, teilt Isabel ihr mit, dass sie vor dem Bahnhof auf sie warten wird.

Bern hat einen riesigen Bahnhof. Gefühlt tummeln sich tausende Menschen in der großen Halle. Die Mädchen bleiben dicht beieinander um sich nicht aus den Augen zu verlieren.

Das Chalet

Lilly entdeckt ihre Tante, die winkend neben einem Range Rover steht. Der Anblick der beschmutzten Autoreifen und Isabels Gummistiefel irritiert sie ein wenig. Hatte sie doch eher eine schicke Limousine erwartet. Lächelnd begrüßt Isabel die drei und heißt sie herzlich willkommen. „Mein Gott, bist du erwachsen geworden, seit ich dich das letzte mal gesehen habe, Lilly!" Lilly ist peinlich berührt. Es war drei Jahre her, wo sich die komplette Familie König zu Isabell und Roberts Hochzeit in Nyon getroffen hatte. Sie hatte sehr feudal in Schloss Coppet am Genfersee gefeiert. Die beiden haben sich nach nur zwei Jahren wieder getrennt. Seit dieser Zeit hatte sie nur telefonischen Kontakt zu Isabel gehabt.„Setzt euch bitte nach hinten, vorne hat Oskar sich breitgemacht", lacht Isabel. Die Mädchen staunen, als sie „Oskar" erblicken. Er ist ein riesiger Bernhardiner, der freundlich sabbernd auf dem Beifahrersitz hockt. Isabel erkundigt sich, ob sie eine angenehme Reise hatten. Sie lenkt den Rover sicher durch den dichten Stadtverkehr. Dann gehts immer weiter stadtauswärts und bergauf. Louisa ist still. Die traumhaft schöne Landschaft nimmt sie gefangen. Lilly und Mia unterhalten sich angeregt. Nach etwa zwanzig Minuten taucht ein riesiger Berghof vor ihnen auf. Lilly kann sich endlich die Frage nach dem Chalet nicht verkneifen. „Hast du dir mein Chalet anders vorgestellt, Lilly?" ‚fragt Isabel. „Hat Balduin dir nicht gesagt, dass wir zurzeit alle Hände voll zu tun haben? In diesem Jahr haben wir bisher leider keine Schüler Praktikanten, die uns bei der Arbeit unterstützen. Deshalb war ich sehr erleichtert, dass ihr euch angeboten habt zu kommen." Die Mädchen schauen sich verdutzt an. Mia erfasst die Situation als erste und antwortet stotternd „Ja, doch, natürlich! Wir haben wir uns total darauf gefreut."

„Worauf jetzt eigentlich, was geht hier ab?", flüstert Louisa irritiert. Isabel indes erzählt unbeirrt weiter von Stall und Feldarbeit, und bald ist bei den dreien auch der letzte Zweifel am Zweck ihres Aufenthaltes wie weggewischt. Die Illusion auf einen Luxus Urlaub im Chalet zerplatzt wie eine Seifenblase. Es geht um Arbeit! Um harte Stall- und Feldarbeit! Louisa denkt an ihren Kofferinhalt und möchte im Boden versinken. Nur schicke Klamotten! Hat Mama nicht von „festem Schuhwerk" gesprochen? Ob sie etwa wusste, dass ..., nein so gemein ist sie nicht! Lilly ist ebenso verwirrt und hat sicher die gleichen Sorgen. Aber am meisten beschäftigt sie der Gedanke, dass ihr Vater offenbar den Deal mit Isabel gemacht hat, Urlaub gegen Arbeit! Nur Mia tut relativ relaxt. Der Range Rover fährt in die breite Zufahrt und hält unmittelbar vor dem großen Hoftor. Der Empfang ist geradezu fürstlich. Eine etwas rundliche Frau in blütenweißer Schürze und ein Mann in Lederhosen stehen bereit, um beim Ausladen der Koffer behilflich zu sein. Sie werden als Berta, die gute Seele des Hauses und Karl, der Mann für alle Fälle, vorgestellt. Auch Oskar begrüßt sie nun durch ausgiebiges abschlappern noch einmal. Isabel bittet sie ins Haus. Die großzügige Diele hat nichts mit einem normalen Bauernhof gemein. Alles wirkt sehr gepflegt. „Berta hat euch einen kleinen Imbiss vorbereitet, anschließend wird sie euch eure Zimmer zeigen. Ihr könnt euch noch

ein wenig umschauen. Wir treffen uns um sechs zum Abendbrot",
erklärt Isabel, und geht zum Range Rover, um noch einige Kisten
auszuladen. Die Zimmer, die Berta ihnen oben im Haus zuweist, sind
überraschend komfortabel eingerichtet. Jedes individuell, und alle mit
Duschbad. Als Berta sich zurückzieht, haben die Mädchen zum
ersten mal die Gelegenheit ihre Gedanken auszutauschen. „Hast du
das gewusst," fragt Louisa? „Quatsch, antwortet Lilly, guck in meinen
Koffer, dann hast du die Antwort." „Was machen wir denn jetzt, ich
meine, wir können doch unmöglich mit unseren Designer Jeans den
Stall ausmisten?" „Na ja, so was hab ich nicht mit, aber für den Stall
sind meine Klamotten auch nicht richtig", ist Mias bescheidene
Antwort auf die Sorgen der Freundinnen. „Kommt, wir duschen erst
mal und gehen dann runter, ich hab Hunger, und der macht meine
Laune nicht gerade besser", gesteht Lilly. Der leckere Imbiss und ein
Spaziergang in Begleitung von Oskar hebt die Stimmung, sodass der
Nachmittag im Nu vorbei ist. Berta hat den Abendbrottisch schon
gedeckt. Die zünftige Brotzeit beruhigt die Gemüter. Isabel erzählt
vom Hof, den Tieren und von Geschichten, die auf so einem Hof

passieren. Später zeigt sie ihnen die angrenzenden Stallungen. Kühe, Hühner..., alleine das Anschauen ist schweißtreibend. Isabel spürt, dass die Mädchen müde sind. Sie schiebt es auf die lange Reise und wünscht allen eine gute Nacht, und ...„Ach ja, Frühstück ist um sechs Uhr dreißig!"

›Wow, hammerhart!!‹, denkt Louisa, und Lilly verdreht die Augen. Spätestens jetzt nehmen die drei endgültig Abschied von dem Gedanken an Erholung. Sie verabschieden sich vor ihren Zimmern, sind einfach nur müde und tatsächlich dauert es nicht lange, bevor die Lichter gelöscht werden, und das Haus schläft.

Zweiter Tag

Das Telefon läutet, Louisa wacht auf. Verschlafen greift sie den Hörer des Telefons neben dem Bett. „Guten Morgen, Louisa! Es ist sechs Uhr, Zeit aufzustehen." Sie bringt ein verschlafenes „okay" zustande und legt den Hörer wieder auf. Sie quält sich aus dem kuscheligen Bett, und schlurft müde ins Bad. Erst jetzt fällt ihr das Bündel Klamotten auf, das ordentlich auf einem Hocker liegt. „Die haben ja wirklich an alles gedacht, echt raffiniert" , spricht sie zu sich selbst. Eine halbe Stunde später sitzen sie alle in ihren Arbeitsklamotten am Frühstückstisch. „Wo ist denn Isabel?", fragt Lilly, als Berta Rührei und Semmel auf den Tisch stellt.

„Sie ist schon seit vier Stunden im Stall, eine Kuh kalbt. Es ist eine schwierige Geburt." „Aber dann hat sie ja kaum geschlafen" stellt Mia fest. „Na, ja, sie ist eben mit Leib und Seele Bäuerin" ,antwortet Karl, der gerade den Frühstücksraum betritt. „Und jetzt ist es da, das

Kalb! Gesund und munter, der Junge," lacht er erleichtert. Irgendwie drängt es sie zu klatschen nach dieser Nachricht. Ein gutes Gefühl macht sich breit. Louisa freut sich, gleich in den Stall zu gehen.

Die passenden Gummistiefel stehen vor dem Stall im Stiefelregal, auch hier ist an alles gedacht.

„Oh wie süß", „wie klein, guck mal die schönen braunen Augen"... „Und wie tapsig es auf den Beinchen steht." Die Schwärmereien der Mädchen wollen kein Ende nehmen. Isabel sitzt still auf einem Hocker im Stall und betrachtet andächtig das neue Leben. Berta reicht ihr einen dampfenden Kaffee. Karl deutet den Mädchen mitzukommen, Kuh, Kalb und Isabel brauchen Entspannung und Ruhe. Er zeigt ihnen „Werkzeuge", die man braucht um den Stall auszumisten, Futtertröge aufzufüllen, Wasser in die Tränke zu füllen. Später dann der Hühnerstall. Eier sammeln und füttern. Ein zweites Frühstück folgt, anschließend geht's auf die Steilalm, zum Heu wenden. Das Wetter ist super, blitzblauer Himmel und angenehm warm. Der Tag verfliegt, mit vielen neuen Eindrücken, die keine Langeweile aufkommen lassen, aber großen Appetit aufs wohlverdiente Abendbrot. Abends gehts noch einmal in den Stall, um das Kälbchen zu betrachten. Es nuckelt an Mamas Euter. „Schlaf gut Kleiner, bis morgen früh."

Dritter Tag

Der Tag beginnt mit den gleichen Aufgaben wie am Vortag. Am späten Vormittag fährt Karl sie in den „Obstgarten" zur Apfelernte. Zur Belohnung gibt es frisch gebackenen Apfelkuchen, nach dem das ganze Haus duftet. „Mmmh, wie lecker, schwärmt Mia!"
Später nimmt Isabel die Mädchen mit auf die Pferdekoppel. Etwa zehn Minuten mit dem Rover und sie sind da.
Pferde!! Viele wunderschöne Pferde! Was für eine Überraschung! In der angrenzenden Reithalle, die auch von Touristen und Reitschülern genutzt wird, gibt es die passenden Sättel. Isabel teilt ihnen die Pferde zu. Gemeinsam reiten sie über die Alm. Sie bleibt oft stehen, um ihnen ein paar seltene Pflanzen zu erklären, die man nur an diesem Ort findet. „Die Zirbe da drüben, hat einen besonderen Bewohner, den Tannenhäher, er frisst ihre Zapfen, und die Menschen, die brennen einen Schnaps aus den Zapfen. Da heroben

hat's aber auch Murmeltiere", weiß Isabel, „da muss man ganz still sein, um das Pfeifen zu hören! Und seit letztem Jahr ist auch der Bär wieder da!" Nach dem schönen Ausflug in die Natur, fallen die Mädchen schon kurz nach dem Abendbrot müde aber glücklich ins Bett . Louisa fällt auf, dass sie bisher noch keine Zeit und Lust hatte, auf ihr Handy zu schauen. Der Urlaub entwickelt sich jeden Tag ein bisschen mehr zum Highlight. Das Leben auf dem Land ist gar nicht mal so übel.

Vierter Tag

An diesem Tag geht Louisa schon vor dem Frühstück in den Stall, um das Kälbchen zu sehen. Sie setzt sich auf den Boden ins Heu und streichelt es. Vertrauensvoll saugt das Kälbchen an ihrem Finger. Sie kann sich nicht erinnern, je ein zärtlicheres Gefühl für ein Tier empfunden zu haben.

Nach dem Frühstück wird es plötzlich lebendig auf dem Hof. Isabel ist schon früh zum Bahnhof gefahren und hat vier Jugendliche abgeholt, die ein Praktikum auf dem Hof absolvieren wollen. Lilly, Louisa und Mia beobachten, wer da alles aus dem Wagen aussteigt.

„Wow," guckt mal, der Große, ist der nicht süss? Lilly kann sich kaum einkriegen vor Begeisterung. Mia stupst sie an „komm mal wieder runter, du Schwärmerin!" Louisa zwinkert Mia verschwörerisch zu. „Wir kriegen Unterstützung, beim Stall ausmisten," lacht sie. Isabel bringt die Neuankömmlinge ins Frühstückszimmer, und stellt sie einander vor.

„Lilly, Mia und Louisa, das sind Emmy, Tom, John und Chris. Die vier kommen aus England, genauer gesagt aus Bristol, um hier zum dritten mal ein Praktikum zu absolvieren."

Lilly versucht, die vier in Englisch zu begrüßen, und bekommt in feinstem Deutsch eine Antwort. Irritiert schaut sie zu Isabel, die lachend erklärt, dass es Kinder einer deutschen Diplomaten Familie sind und daher natürlich perfekt deutsch sprechen. „Natürlich", antwortet Lilly pikiert. Louisa fühlt sich befangen. Irgendwie wirken die Neuen so zurückhaltend und unentspannt. Vor allem dieser Typ mit der Riesenbrille, der aussieht wie ein handfester Nerd. Mia scheint keine Berührungsängste zu haben und begrüßt die vier mit herzlichem Händedruck. „Ja, wir gehen dann schon mal in den Stall,... Ausmisten!" , gibt Lilly den Freundinnen plötzlich das Zeichen zum Aufbruch. „Gute Idee, unsere Gäste möchten sicher erst mal ankommen, wir treffen uns dann zum Mittagessen", entscheidet Isabel, und nickt den drei Mädchen freundlich zu. Kaum im Stall angekommen, lässt Lilly ihrem Frust freien Lauf, „Diplomaten-Familien-Fuzzis ..., und natürlich sprechen sie perfekt deutsch", äfft sie ihrer Tante nach. „Manno, bin ich blöd!"

„Jetzt krieg dich mal wieder ein, wir kennen die doch noch gar nicht! Vielleicht wird es ja voll cool mit denen!"

„Mia hat Recht! Lass uns erst mal checken, wie gut die im Ausmisten sind", sagt Louisa versöhnlich, „darum geht es doch hier, oder?"

Okay, ruft Lilly und greift zur Mistgabel, „dann legen wir jetzt mal richtig los, und zeigen was wir drauf haben". An diesem Morgen erledigen die drei Freundinnen alle Arbeiten schnell, verbissen und ohne die gewohnte Fröhlichkeit, was selbst Karl auffällt. „Kinder, Kinder", lacht er kopfschüttelnd, „was ist das heute für eine Gewitterstimmung? Ihr arbeitet ja, als ob ich mit der Peitsche hinter euch stehe. Jetzt legt mal euer „Werkzeug" beiseite, das Mittagessen ruft."

Lilly möchte erst auf ihr Zimmer, etwas frisches anziehen. Auch Louisa hält das für erforderlich. Mia schüttelt den Kopf, „das alles bloß wegen ein paar 'Fuzzis'?"

Die „Engländer" sitzen bereits zu Tisch, alle in perfektem Reitdress. Sie haben schon gegessen. Lilly schubst Louisa an, auch Louisa ist irritiert. Nur Mia ruft fröhlich: „Hallo, wie habt ihr den Morgen verbracht?" Lilly presst ein "Verräterin" zwischen den Zähnen hervor, worauf Louisa sie seitlich anstößt, damit sie Ruhe gibt. Die vier am Neuen strahlen um die Wette und erzählen begeistert von dem wunderbaren Ausritt über die Hochalm. „Okay, unterbricht Isabel die Unterhaltung, die Gäste aus England werden heute Nachmittag eine Einladung des Bürgermeisters von Bern wahrnehmen, wo sie auch zu Abend essen. Ihr werdet euch also erst zum Frühstück wiedersehen." Damit verabschieden sich die vier und verlassen mit Isabel das Esszimmer. Lilly ist irgendwie der Appetit vergangen. Louisa schaut die Freundin von der Seite an und schüttelt den Kopf. „Was ist los, wir hatten doch eine tolle Zeit bisher?"

„Das passt doch wie die Faust aufs Auge, Reiten, Einladung, aber bitte keine Mistgabel!", regt Lilly sich weiter auf.

„Die sind noch gar nicht richtig da, und du hast sie schon abgeschossen", kommentiert Mia die schlechte Laune ihrer Freundin. Schweigend essen sie weiter.

„So Kinder, für heute habt ihr genug gearbeitet, verkündet Isabel, die plötzlich in der Tür steht. Karl hat euch in höchsten Tönen gelobt! Wir fahren jetzt zur Koppel zum Reiten! Ich möchte euch was zeigen."

Lilly läuft rot an, sie schämt sich wegen ihrer Meckerei. Sie ist froh, dass Isabel schon raus zum Auto geht, um ein paar Kartons und einen Rucksack im Kofferraum zu verstauen. Auch Oskar trottet gemächlich näher und schafft es, trotz seiner enormen Größe mit einem eleganten Satz auf dem Beifahrersitz zu springen. „Nehmt euch Jacken mit, da oben ist es frisch und es wird sicher spät" ,verkündet sie. „Klasse Idee, der Ausritt, meine ich," versucht Mia die Stimmung zu testen als sie sich ihre Jacken holen. Ein verkniffenes „hmmh" zeigt, dass Lilly etwas versöhnlicher wird. Knapp zehn Minuten später sind sie an der Koppel. Die Laune entspannt sich, wie die Luft nach einem Gewitter. Fröhlich begrüßen sie die Pferde.

Isabel verteilt einige Utensilien aus dem Kofferraum in die Satteltaschen, auch Oskar bekommt eine Art Rucksack umgeschnallt, was lustig aussieht. Die Pferde sind gesattelt, es geht los, immer bergauf. Die Sicht ist grandios. Immer wieder bleibt Isabel stehen und erklärt die Pflanzen oder die Landschaft. Oskar trottet scheinbar mühelos neben ihnen her.

Nach fast zwei Stunden kommen sie zu einer Hütte. Klein und geduckt schmiegt sie sich an den Berg. „Pause!", bestimmt Isabel, „Das hier ist unsere „Nothütte." Sie wird von Wanderern genutzt, die in schlechtes Wetter geraten. Von Zeit zu Zeit muss ich nachschauen, ob alles okay ist, und ob genügend Essensvorrat und Holz da ist. Das Wetter kann hier in den Bergen von einer Minute zur anderen umschlagen."

Nachdem sie abgesattelt haben, befreien sie auch Oskar von seinem Rucksack und versorgen die Pferde. Isabel öffnet Hüttentüre und Fensterläden zum Lüften. Die Mädchen denken an ihre Waldhütte und erzählen Isabel davon. Tisch und Bank vor der Hütte laden auch hier zum Verweilen ein. Aber erst kommt die Arbeit. Die

Lebensmittelbestände werden kontrolliert und aufgefüllt. Der Vorrat an Streichhölzern und Kerzen, Leuchtpatronen und Kohleanzündern gecheckt, Decken zum Lüften auf eine Leine gehängt. Isabel legt einen Packen alte Zeitungen seitlich neben den Ofen. Sie öffnet die Ofentür, steckt ein wenig Papier hinein und zündet es an. „So prüfe ich den Abzug des Schornsteins, manchmal nisten Vögel darin. Wenn der Rauch nicht abzieht, kann das zur tödlichen Falle werden," erklärt sie. Sie suchen rund im angrenzenden Wald der Hütte nach Holzbruch und legen es ordentlich unter einen Dachüberstand. „So Mädels, jetzt ist Brotzeit! Schau'n wir mal, was Berta uns Schönes eingepackt hat." Sie breitet eine karierte Decke über den Tisch und stellt die Leckereien darauf. Dankbar greifen die Mädchen zu. Sie erzählen Isabel von der Hütte im Wald, zuhause, auf dem Donnersberg. Isabel hört interessiert zu und stellt viele Fragen. Der Blick ins Tal und zu den Bergen der gegenüberliegenden Seite ist gigantisch. Begeistert hören sie Isabel zu, die alle Namen und Höhen der Berge benennt und von so manch spannender „Berg - und Hüttengeschichte" weiß. Der Nachmittag ist viel zu schnell vorüber, und es wird Zeit für den Rückweg, bevor es dunkel wird.

„Was ist, wenn es im Winter so viel schneit, dass die Leute länger hierbleiben müssen",fragt Louisa.

„Ja, schau, Louisa, da läuft der Helfer in der Not," lacht Isabel, und Oskar bellt, weil er versteht, dass er gemeint ist. Es ist schon spät, als sie in die Hofeinfahrt einfahren. Die Mädels sind glücklich und dankbar für den schönen Tag. Noch einmal Kälbchen streicheln, und dann ins Bett.

Fünfter Tag

Der „Weck Dienst" ruft zum Frühstück. Punkt sechs Uhr dreißig
betreten sie den Frühstücksraum.

Wow „...! Damit hatten sie nicht gerechnet, die Engländer sitzen
schon in „Working Outfits" am Tisch und frühstücken! „Manno, jetzt
haben sie aber vorgelegt", denkt Lilly angesäuert. Louisa und Mia
grüßen freundlich. „Hallo, wie war denn euer Nachmittag?" Mia
kann ihre Neugier einfach nicht im Zaum halten.

„Frag besser nicht," platzt Tom heraus. „Es war schlimm!", klagt
Emmy. „Mega langweilig, toppt Chris. „Kommt nicht hin", vermeldet
John, „Schrecklich verkrampft! Das trifft es wohl am besten."

Mit derlei Kommentaren haben Mia und Louisa und erst recht Lilly
nicht gerechnet. Ungläubig starren sie die vier an, die beim Anblick
der erstaunten Gesichter laut loslachen. Das Eis zwischen ihnen taut
langsam. Beim Frühstück werden die Gespräche immer lockerer.

Dann kommt Karl und läutet die Arbeitszeit ein. Im Kuhstall wird rasch klar, dass die Engländer auch zupacken können. Nachdem das Kälbchen genügend Streicheleinheiten von allen bekommen hat, gehts weiter zu den Hühnern, und auf die Weide zur Heuernte. Es ist früher Nachmittag, und die Arbeit ist getan!

„Hat man euch was in den Kaffee getan" ,fragt Karl erstaunt, „so ein bienenfleißiges Jungvolk ist mir noch nicht untergekommen, in all den Jahren."

„Na, wenn dass mal kein großes Kompliment ist", meldet sich Isabel zu Wort, die gerade den Speiseraum betritt. „Okay, ihr habt euch einen freien Nachmittag wirklich verdient. Wenn ihr Lust auf einen Ausritt habt, allerdings ohne meine Begleitung, steht dem nichts im Wege! Karl wird euch mit dem Traktor zur Koppel bringen. Ausgang bis zum Abendbrot! Ach,... und nehmt euch Jacken mit, ihr wisst ja, da oben ist es frisch!"

„Hey, Super!", ruft Chris begeistert, „Seid ihr dabei? Kommt ihr mit?"

„Klaro!", antwortet Mia. „Gar keine Frage, wir sind dabei!", antwortet Lilly lachend. Auf dem Boden der Ladepritsche sitzend, fährt Karl sie zur Koppel. Die Sonne lacht mit sieben gut gelaunten Teenies um die Wette. Karl wählt die passenden Pferde aus, und hilft beim Aufsatteln. Dann geht es ab in die Landschaft, hoch auf die Alm, und höher und höher.

Während sie sich viel zu erzählen haben, hat sich plötzlich, völlig unbemerkt, der Himmel zugezogen. Immer mehr Wolken verdecken die Sonne. Viel zu spät haben sie den Wetterumschlag bemerkt. Der Wind frischt auf und Louisa spürt die ersten Regentropfen. „Wir sollten umkehren, schlägt John vor, das Wetter schlägt um." Wie zur Bestätigung hallt ein dumpfes Grollen zwischen den Bergen. Der Regen kommt so unvermittelt, dass der Weg zurück unmöglich ist. Innerhalb von wenigen Minuten bilden sich Sturzbäche, sie müssen absteigen und die Pferde führen.

„Ich glaube, es ist zu spät umzukehren. Lasst uns lieber zur Nothütte gehen, da können wir Schutz suchen" , ruft Louisa gegen das heftige Rauschen des Windes an.

„Nothütte?", wiederholt Tom erstaunt. „Ja! Die ist hier ganz in der Nähe",antwortet Lilly. „Der Weg führt direkt darauf zu, ein Stück

höher ist sie", erklärt Mia. „Seid ihr sicher?", fragt Emmy ängstlich.
Es blitzt und gleich darauf kracht es ohrenbetäubend. Die Pferde
werden unruhig, Angst macht sich breit. „Es ist nicht mehr weit, wir
sind gestern noch da gewesen", beruhigt Mia. „Da, kuck mal! Da ist
ein Hinweisschild", ruft Chris, „Zur Nothütte fünfzig Meter!"
Emmy hat Schwierigkeiten ihr Pferd im Zaum zu halten, Tom muss
ihr helfen. „Gott sei Dank! Wir haben es geschafft!" Mia ist
erleichtert. Sie binden die Pferde im Schuppen an, satteln ab, und
reiben sie mit Stroh trocken. Lilly öffnet die Hütte und alle flüchten
ins Innere. Louisa holt gleich eine Kerze und Streichhölzer. Jetzt
scheint die Hütte in warmem Licht und vermittelt ein Gefühl der
Geborgenheit.

Die Kommentare der Engländer: „Crazy, dass es hier oben so etwas
gibt" (Chris). „Und so gemütlich" (Tom). „Ich finde es romantisch"
(Emmy). „Cool" (John). Mia holt einige Tücher, damit sie sich
abtrocknen können. Tom holt Papier und Kleinholz um ein Feuer im
Ofen zu machen. Die pitschnassen Jacken werden zum Trocknen auf

die Leine über dem Ofen gehängt. Emmy sucht an ihrem Handy.

„Hier hat es gar keinen Empfang", stellt sie erschrocken fest.

Mia denkt praktisch. Sie holt eine Dose Würstchen und eine Päckchen Vollkornbrot aus dem Vorratsschrank und setzt Teewasser auf.

„Es ist jetzt Abendbrotzeit, die werden sich da unten langsam Sorgen machen," befürchtet John.

„Ja, Isabel hat gestern erzählt, es ist schon vorgekommen, dass Leute drei Tage hier bleiben mussten!" , erinnert sich Mia. Das stürzt Emmy in pure Verzweiflung. „Oh je, Mom und Dad werden sich Sorgen machen, wenn ich heute Abend nicht anrufe", jammert sie.

„Keine Angst Baby, wir werden schon wieder runterkommen,", tröstet Tom die jüngere Schwester.

„Aber erstmal machen wir es uns gemütlich, dann schau'n wir, was geht", schlägt Louisa vor.

„Einverstanden", stimmt Chris zu, wo ist denn das Bad?" „Guter Witz, lacht Lilly, wenn du den Donnerbalken meinst, der ist etwa zehn Meter hinter der Hütte, du erkennst ihn an dem Herzchen in der Türe! Wasser musst du aus dem Brunnen pumpen. Pass auf, dass du nicht reinfällst ..., ins Plumpsklo, meine ich!" „Schei ....," dass ist ja wie im Mittelalter", staunt Chris, und alle lachen über sein entsetztes Gesicht. „Ja, wie du schon sagtest, echt crazy", freut sich Lilly. Das Feuer prasselt im Ofen, Tee und Keksen stehen auf dem Tisch. „Fast wie zuhause", findet John, „very british!" Nachdem der Hunger gestillt ist, kramt Lilly in einer Schublade, wo sie gestern ein Kartenspiel entdeckt hat. Das gemeinsame Spielen lässt sie die Zeit vergessen. Der Regen mitsamt dem heftigen Gewitter bleiben vor der Tür. In der Hütte fühlen sie sich geborgen. Louisa möchte möglichst viel vom Alltag in England erfahren, dass Interesse für einander ist geweckt.

Chris erzählt, dass die Familie von Grothen in einem Landhaus bei Bristol zuhause ist und alle vier Kinder im Internat leben, weil Diplomateneltern nun mal keine Zeit haben, sich wirklich um ihre Kinder zu kümmern. „Es ist aber auch völlig okay im Internat", findet John mit der „Nerd Brille." „Klar", antwortet Tom, „wenn man ein Streber ist, wie du, ist das alles ein Kinderspiel. Ihr müsst wissen, er ist das Genie der Familie." „Hör doch auf", versucht John den Bruder zu bremsen. „Aber es stimmt!", steht Emmy Tom bei, „John ist in der Elitestufe, da kommen wirklich nur Leute rein, die mindestens einen IQ von 120 haben!", erklärt sie stolz. „Was zählt schon ein IQ von 120 wenn es ums Stall ausmisten geht?" , lacht Chris, „da braucht man Muskeln und eine gute Mistgabel, da ist der IQ doch eher hinderlich!" „Stellt euch vor, er wollte doch tatsächlich ausrechnen, wie viel Mist täglich im Kuhstall auf gegabelt wird, unser Genie", foppt Tom, „unglaublich, oder?" „Und? Was ist dabei raus gekommen?" ,fragt Mia. „Ja, Mist halt ..., nichts als Mist!", witzelt John humorvoll und lacht spitzbübisch.

„Aber jetzt erzählt doch mal was von euch. Seid ihr auch Geschwister, oder verwandt?" , möchte Chris wissen.

„Nein, Prinzesschen Louisa und Mia sind Cousinen, und Isabel ist die Schwester von Louisas Vater."

Chris schaut Lilly erstaunt an. „Wie jetzt, echt? Du bist eine Prinzessin?" Auf die Frage hatte sich Louisa schon gefreut und antwortet für Lilly „Nun ja, ihr Vater heißt zumindest König, genauer gesagt Balduin König. Er ist der größte Arbeitgeber in unserem Ort, und da seine Familie das kleine Jagdschlösschen ihr eigen nennt, ist es doch ganz logisch, dass Lilly sich ab und zu als Prinzesschen fühlt. Mia wohnt ebenfalls dort. Also Leute, entspannt euch wieder, wir sind total Normal." „Und dieses bezaubernde Geschöpf", fährt Lilly mit übertriebener Geste fort, „ist Louisa Cronrath, sie wohnt in unserer Nähe. Wir sind 'best friends for ever'! Außerdem besuchen wir die gleiche Schulklasse."

Sie lernen sich zwanglos kennen, albern und lachen miteinander, erzählen sich Geschichten aus ihrem Leben, eben so, wie Freunde es tun.

„Wie spät ist es eigentlich" fragt Mia und gähnt vernehmlich. „Zu spät um den Weg mit den Pferden ins Tal zu schaffen, es wird schon dunkel", antwortet John und schaut aus dem Fenster. Außerdem gießt es immer noch in Strömen. Ich fürchte fast, wir werden auf dem Matratzenlager   übernachten müssen, ...und da ich keinen Widerspruch höre, hat wohl niemand was dagegen" , freut er sich. Als das Feuer aus, und die Kerze abgebrannt ist, kehrt Ruhe ein in der Nothütte. Es ist stockdunkel. Das Gewitter hat nachgelassen, aber der Wind pfeift immer noch heftig. Die Äste der Bäume knarzen. Das Wasser vom nahen Gebirgsbach rauscht den Berg hinab und manchmal hören sie die Pferde im Unterstand schnaufen. Alles ist fremd und irgendwie abenteuerlich. Ein Käuzchen schreit. Die Ohren lauschen, obwohl die Augen schlafen wollen. „Da ist etwas an der Türe", flüstert Mia. „Angsthäsin, du träumst!", murmelt Tom müde. Aber auch Louisa hat etwas gehört. „Da ist echt was, hört doch mal, da kratzt was an der Türe! Unheimliche Stille macht sich breit, alle lauschen gebannt. „Was kann das sein?" , flüstert Emmy ängstlich. Plötzlich bewegt sich der Türgriff nach unten. Niemand auf dem Matratzenlager ist so cool, laut zu fragen, wer da ist. Die Türe öffnet sich, das Matratzenlager rückt ganz eng zusammen, Lilly tastet nach ihrer Taschenlampe. Ihr Herz klopft bis zum Hals. Es ist zu dunkel, um irgendwas zu erkennen. John sucht nach seinem Schuh. Gerade als er werfen will, bellt ein riesiges Etwas beleidigt in den Raum. „Oskar!" , ruft Lilly erleichtert, es ist Oskar, ... oder?"

Erst jetzt schaltet sie die Taschenlampe ein. Tatsächlich!

Der zottige Bernhardiner, trottet langsam auf sie zu, um sich von jedem ein paar erleichterte Streicheleinheiten abzuholen. „Ja wo kommst du denn her", fragt Mia erstaunt, und krault sein nasses Fell. „Er ist ganz nass, der arme Hund, wir müssen ihm das Fell trocken reiben." „Ich denke, Mia, das macht einem Bernhardiner nicht so viel aus, bemerkt Chris, er ist immerhin ein Rettungshund!" Erst jetzt bemerken sie das Täschchen um seinen Hals. „Schaut mal, er hat uns was mitgebracht," sagt Louisa und öffnet das Täschchen. Alle sind gespannt, was Oskar mitgebracht hat.   „Es ist ein Brief, er bringt uns einen Brief, der Gute." „Mach mal auf", drängelt Tom und schiebt sich neugierig neben Louisa.

„Isabel schreibt uns! Sie hofft, dass wir Schutz in der Hütte gefunden haben. Wenn ja, rät sie uns auf jeden Fall bis morgen hierzubleiben, und sie bittet uns, ihr   umgehend eine Antwort mit Oskar zurückzuschicken, damit sie weiß, dass alles okay mit uns ist. Wenn sie keine Antwort bekommt, alarmiert sie die Bergwacht!" Lilly nimmt sich den beigefügten Stift und das Blatt und beantwortet die Fragen ihrer Tante.

Liebe Isabel,

Du vermutest richtig, wir sind in der Schutzhütte.
Die Pferde sind versorgt. Wir bleiben hier oben.
Mach dir bitte keine Sorgen, es geht uns allen gut. Danke, dass du den „Postboten" geschickt hast. Bis morgen!

Liebste Grüße Lilly

Oskar bekommt das Täschchen mit dem Brief wieder umgebunden. Bevor er los trottet, schüttelt er einmal kräftig sein nasses Fell. Dann wird er mit vielen Liebkosungen und guten Wünschen in die stürmische Nacht zurück geschickt. Bald hat das Dunkel ihn geschluckt, er ist nicht mehr zu sehen. „Ich glaube, wir können beruhigt schlafen gehen, Oskar wird die Nachricht zu Isabel bringen", sagt Lilly. „Ich bin auch froh, dass Oskar gekommen ist",

stimmt Emmy zu. „Ich auch, Emmy! Gute Nacht, zusammen" ,sagt

Lilly leise, und bekommt sechsmal ebenfalls eine gute Nacht

gewünscht.

Sechster Tag

Die Sonne schickt erste Strahlen durch die geöffneten Fensterläden, als Louisa verschlafen die Augen öffnet. Das gleichmäßige Atmen zeigt ihr, das alle anderen noch fest schlafen. Vorsichtig schleicht sie sich vom Matratzenlager und öffnet die Türe. Es ist angenehm warm. Weit und breit ist keine Wolke am Himmel. Überrascht stellt sie fest, dass der Tisch vor der Hütte bereits zum Frühstück gedeckt ist. Es duftet nach frischen Semmeln, Kaffee und Tee und Oskar liegt dösend in der Sonne. „Da bist du ja schon wieder! Wo ist denn Isabel?" „Guten Morgen", kommt die fröhliche Antwort vom Waldrand. „Ich hab ein paar Blaubeeren zum Frühstück gesammelt, die schmecken hier besonders aromatisch." „Hey Leute steht auf, weckt sie die Langschläfer. Frühstück ist fertig! Isabel und Oskar sind da!" Schnell kommt Leben in die Hütte. Das Waschen im kalten Brunnenwasser lässt alle Müdigkeit schnell verschwinden.

„Mein Appetit ist riesig, stellt Mia fest, während sie sich das dritte Brötchen aufschneidet. „Wundert dich das? Ihr arbeitet täglich an der frischen Luft", lacht Isabel und fragt, wie ihnen die Nacht in der Hütte bekommen ist, und bekommt viele lustige Antworten. Am späten Vormittag haben sie die Hütte wieder aufgeräumt, und Isabel fährt mit dem Roover zurück. „Seid vorsichtig mit den Pferden", mahnt sie. „Der Boden ist noch rutschig! Karl wird euch an der Koppel abholen und wir sehen uns dann zum Mittagessen!" Den ersten Abschnitt des Weges leiten sie die Pferde vorsichtig an den Zügeln. Erst als sie die Almwiese erreicht haben, steigen sie auf und reiten zum Pferdestall. Karl steht schon bereit und hilft beim Absatteln und Versorgen der Tiere. „Heute ist unser letzter Tag hier bei Isabel", bedauert Lilly. „Ja, die Zeit war viel zu kurz", findet Louisa, und auch John gesteht „Es war der beste Urlaub, seit wir herkommen, und das liegt ganz klar an euch!" „Nein, das stimmt nicht", widerspricht Lilly, „ward ihr das Highlight für uns! Wir hatten nie zuvor das Vergnügen „Diplomatenkinder" beim Ausmisten zu beobachten, das ist schon was Besonderes", lacht sie. „Na ja, zum

Beobachten seid ihr doch gar nicht gekommen, erwidert John, „so wie ihr losgelegt habt! Allen Respekt! I've never been such strong Girls before!". „Thank you for the compliment", antwortet Lilly lächelnd.

Der Tag der Abreise ist gekommen, ausgerechnet jetzt, wo sie sich gerade so richtig erst kennengelernt haben. Auch die vier Freunde aus England reisen ab. „Irgendwie ist dass ziemlich blöd", findet Louisa. „Gerade jetzt, wo wir eine richtig gute Zeit haben, müssen wir wieder heim." „Vielleicht können wir uns nächstes Jahr wieder hier treffen", schlägt John vor. „Ich muss unbedingt noch an meiner Technik mit der Mistgabel arbeiten, was meint ihr?" „Das ist ein gutes Argument", freut sich Mia, „ich gebe dir gerne Nachhilfe im Misten, wenn du mir in Mathe hilfst." „Was geht denn hier ab?" ,will Tom wissen „dass hört sich ja fast nach einer Verabredung an, liege ich richtig?" „Und wenn schon, dann verabreden wir uns eben alle für nächstes Jahr, was haltet ihr davon?" fragt Lilly.

„Also ich finde die Idee cool" , antwortet Chris, „ich bin auf jeden Fall dabei!" „Und ich auch", schließt Emmy sich an.

Auch Isabel ist von dem Vorschlag der jungen Leute begeistert. „Ihr gebt ein super gutes Team ab, und ich würde mich sehr darüber freuen, euch als Praktikanten fürs nächste Jahr vorzumerken. Als Lillys Vater sie am nächsten Tag vom Bahnhof abholt, staunt er, wie gut gelaunt und erholt die drei Mädchen aus dem Intercity steigen. „Der Wellness Urlaub scheint euch gut bekommen zu sein" stellt er fest, und lächelt verschmitzt. „Stimmt, Papa, und stell dir vor, wir haben das gleiche Programm für nächstes Jahr noch einmal gebucht", antwortet Lilly. „Ich habe bestimmt noch was Gut bei dir, Daddy, oder? „Wie meinst du das denn Lilly? Ich weiß gar nicht wovon du sprichst, mein Schatz?" „Da kann ich dir gerne nachhelfen, dich zu erinnern", freut sich Lilly.

Louisas Traum

Die Geburtstagsparty war ein voller Erfolg! Louisas Eltern hatten
dafür den Garten in eine große Lounge verwandelt und mit vielen
Lampions und Kerzen stimmungsvoll hergerichtet. Sie feierte in
ihren sechzehnten Geburtstag hinein, natürlich mit ihren
Freundinnen und einigen Leuten aus ihrer Klasse. Zum ersten Mal
waren auch Jungs mit dabei. Den ganzen Nachmittag hatte sie ihrer
Mutter in der Küche und im Garten bei der Vorbereitung geholfen.
Das Wetter war perfekt, Oliver hatte eine Musikanlage aufgebaut
und für den Abend eine Feuerstelle hergerichtet, um die sie sich
setzten, als es kühler wurde. Anne Dore und Oliver hielten sich
diskret zurück, sie wollten die jungen Leute unter sich lassen, wie sie
sagten. Als Louisa aber mit einem ihrer Klassenkameraden auf
Tuchfühlung tanzte, wurde Oliver unruhig. Sein kleines Mädchen
und dieser fremde Junge...?„Wir müssen lernen loszulassen und
Vertrauen zu unserer Tochter zu haben, sie ist jetzt sechzehn und

geht bald ihren eigenen Weg", hatte Anne Dore ihren Mann zur Zurückhaltung ermahnt, als er sich unter irgendeinem Vorwand unter die Geburtstags Gäste mischen wollte. Ihren eigentlichen Geburtstag, am Tag danach, möchte Louisa nur mit der Familie, Onkel, Tanten, und natürlich den Großeltern feiern. Außerdem hat sie geplant gleich nach dem Frühstück mit Mama zum Flohmarkt zu gehen.

„Gar nicht so einfach, nach der langen Feier so früh aufzustehen", denkt sie, als sie morgens verschlafen unter der Dusche steht. Zu ihrer Freude ist der Garten schon aufgeräumt, von der Party ist so gut wie nichts mehr zu sehen. Papa war fleißig! Das gemeinsame Geburtstagsfrühstück wartet bei strahlendem Sonnenschein auf der Terrasse, und weil es Samstag ist, ohne jeglichen Schul- und Arbeitsstress. Nach dem obligatorischen Geburtstagsständchen, was Louisa geduldig über sich ergehen lässt, wird sie von der Familie geherzt und mit guten Wünschen fürs neue Lebensjahr bedacht. „Alles Liebe, mein Schatz!" Mama übergibt ihr das Geschenk. Es ist ihr Wunschgeschenk, eine Armbanduhr von ‚Superdry‘, über die sie sich sehr freut.

„Wann wollen wir los, zum Flohmarkt?" ‚fragt sie in die gemütliche Runde. „Also, ich werde erst noch einen Kuchen mit Obst belegen", antwortet Anne Dore. „Ja, und Leander und ich, wir suchen was von unserem alten Krempel zusammen. Wir beide haben beschlossen selbst einen Stand aufzubauen, das ist spannender!", findet Oliver. „Schön, sagt Louisa erleichtert, wenn es in Ordnung für dich ist Mama, würde ich mich noch ein wenig hinlegen, bevor wir losgehen, ich bin noch ziemlich müde von gestern." Anne Dore ist einverstanden. „Ich wecke dich in einer knappen Stunde, dann müssen wir aber los, sonst ist das Beste weg." „Das Beste gibt es sowieso nur an unserem Stand!" , ruft Leander überzeugt. „Na dann ...", lacht Anne Dore, „bis später!"

Der Flohmarkt

Anne Dore bleibt an vielen Ständen stehen, schaut sich alles in Ruhe an, feilscht um Preise und kauft den Händlern hier und da etwas ab. Sie trifft Bekannte, und nimmt sich Zeit Schwätzchen zu halten. Bald wirds Louisa langweilig. Sie geht weiter zum nächsten Verkaufsstand. Eine Frau sitzt unter einer Art Baldachin. Sie hat einige Bücher vor sich stehen. Irgendwie passt sie nicht ganz ins Bild der Zeit. Louisa fällt auf, dass sie, obwohl es warm ist, Fingerlose Handschuhe trägt. Interessiert schaut sie sich die Buchtitel der Auslage an. Als sie weitergehen will, spricht die Fremde sie an. Louisa bemerkt die unglaublich blauen Augen der Frau, und fühlt sich magisch angezogen. Sie bleibt stehen.

„Schön dass du da bist, Louisa, ich habe dich erwartet", spricht die Frau sie an. Louisa bleibt überrascht der Mund offen. „Woher kennen Sie meinen Namen?" Anstatt einer Antwort schüttelt die Frau den Kopf. „Das wirst du später erfahren, aber bitte setze dich zu mir" , sagt sie und fordert sie mit einer einladenden Handbewegung auf, neben ihr Platz zu nehmen. „Ich bin Miranda", stellt sie sich vor. Louisa schaut sich hilfesuchend nach ihrer Mutter um. Zu ihrem Entsetzen scheint die Welt um sie herum plötzlich stillzustehen, sie sieht aus wie ein Gemälde. Nichts bewegt sich, alles ist still. Die Fremde Frau scheint ihre Panik zu spüren und blickt ihr ruhig in die Augen. Wie hypnotisiert folgt sie ihrer Aufforderung willenlos. „Keine Angst Louisa, ich habe die Zeit für einen Augenblick angehalten. Niemand außer uns beiden wird es bemerken." Benommen beobachtet Louisa, wie sie sich an einem Holzkasten zu schaffen macht. Ihre Bewegungen sind fließend und ruhig. Sie wirkt mystisch schön in ihrem langen blauen Kleid. Als einzigen Schmuck trägt sie eine Halskette mit einem tropfenförmigen, grün schimmernden Stein. Sie nimmt ein Buch aus dem Kasten, legt es auf ihren Schoß. Eindringlich schaut sie Louisa an.

„Du bist ein besonderes Mädchen, Louisa, mutig, klug und hast ein gutes Herz. Deshalb haben wir dich auserwählt eine Mission zu erfüllen, die von größter Bedeutung ist!" Louisa schluckt, ihr Mund ist trocken. Sie bringt kein Wort über ihre Lippen. Die Fremde nimmt ihre Hand, und legt sie sanft auf das Buch. Louisa spürt ein seltsames Kribbeln, ihre Hand wird angenehm warm. „Schließ deine Augen Louisa. Spürst du die Kraft, die das Buch aussendet?" Sie kann nur stumm nicken.

„Das ist gut", sagt sie erleichtert! „Nimm es bitte mit, und beginne noch heute darin zu blättern. Der Inhalt ist für andere Menschen unsichtbar. Niemand außer dir und mir kann ihn erkennen. Du wirst in eine andere Zeit geführt, und es ist deine Aufgabe den Kindern dieser Zeit etwas sehr Wichtiges und Wertvolles zu bringen. Etwas, das ihnen verloren ging, - ohne dass die Menschheit, und dieser Planet keine Zukunft haben wird."

Louisa ist entsetzt. Alles in ihr ist in Aufruhr: „Stopp!", rebelliert sie, „Ich will gar nicht von zuhause weg! Ich bleibe bei meiner Familie und meinen Freundinnen! Außerdem ..., zur Schule muss ich auch!"

„Keine Angst Louisa, du wirst nicht weggehen müssen, und zur Schule gehst du auch weiter, dieses Abenteuer wirst du in einem zeitlosen Raum erleben!"

Langsam erwacht der alte Kampfgeist in Louisa, „Wie soll das denn funktionieren, dass,...dass ist doch total unrealistisch! Außerdem, da bin ich ganz sicher nicht die Richtige für sowas, suchen sie sich besser jemand anderen für ihr Problem!" versucht sie sich herauszureden. „Zweifle nicht Louisa", unterbricht Miranda sie mit einer Handbewegung. „Du bist auserwählt, weil wir wissen, dass du die Richtige bist! Hab keine Angst, du wirst nicht ohne Hilfe sein. Sieh den Stein an meiner Kette, du wirst den gleichen Stein bekommen und dadurch mit mir in Verbindung stehen. Er wird dir Kraft geben, und dich beschützen. Achte auf seine Farbe, solange er grün ist, ist alles gut, Louisa! Und hab Vertrauen zu deinen eigenen Fähigkeiten! Nimm das Buch und geh zurück zu deiner Mutter. Bedenke, es geht um die Kinder der Zukunft, und die Zeit drängt!", mahnt Miranda zum Abschied eindringlich. Jeder Widerspruch bleibt Louisa im Hals stecken. Sie nimmt das Buch mit gemischten Gefühlen entgegen und will nur noch eines: Nichts wie weg von diesem Stand! Die Worte der Fremden hallen in Louisas Kopf wie

Hammerschläge und wiegen schwer wie Blei. Gebannt betrachtet sie die seltsamen Schriftzüge des Buchdeckels.

Plötzlich hört sie Anne Dore rufen und schaut sich zu ihr um. Schnell steckt sie das Buch in ihre Umhängetasche. Erleichtert winkt sie ihr zu, und ist heilfroh, dass alles so lebendig und normal ist, wie es sich gehört. Noch einmal dreht sie sich zu dem seltsamen Bücherstand um.

Doch dort, wo gerade noch Miranda unter dem Baldachin gesessen hat, ist nichts mehr zu sehen. Louisa reibt sich über die Stirn, schüttelt verwirrt den Kopf und fragt sich selbst, ob sie jetzt komplett spinnt.

Anne Dore steht an einem Schmuckstand und winkt ihrer Tochter zu. „Schau dir schönen Steine an Louisa, möchtest du dir einen davon aussuchen?" Louisa betrachtet die vielen Steine, die auf einer Samt Decke vor ihr liegen. Ihr Blick bleibt wie gebannt an einem grünen ovalen Stein in der Mitte der Auslage hängen. „Das ist er!", sagt sie ganz spontan, „Mama, den möchte ich gerne haben!"

„Du hast eine gute Wahl getroffen", findet auch die Schmuckverkäuferin. „Es ist wirklich ein ganz besonderer Stein, es ist ein Malachit, und in der Mythologie sagt man, er stärkt die Lebensfreude und das Herz und gibt dem, der ihn bei sich trägt Kraft." Für einen Moment glaubt Louisa, in die blauen Augen der Bücherverkäuferin zu sehen.

Ihre Mutter lächelt zufrieden, kauft ein passendes Lederband dazu, und zahlt. „Na, dann kann ja nichts mehr schief gehen", kommentiert sie die Bemerkung der Verkäuferin lächelnd. „Komm mein Schatz, es gibt noch viel zu sehen", sagt Anne Dore. Doch Louisa ist mit ihren Gedanken bei dem Buch in ihrer Tasche. Alles andere nimmt sie nicht mehr wahr. Als sie endlich zuhause ankommen, ist es kurz vor Zwölf. Ein wenig Zeit bleibt ihr noch bis zum Mittagessen. Um drei kommen die Gäste zum Geburtstagskaffee. Sie geht in ihr Zimmer und setzt sich aufs Bett. Beklommen holt sie das Buch aus der Tasche, hält es in ihren Händen, als ob sie es wiegt. Sie dreht und wendet es nach allen Seiten, und betrachtet die esoterisch anmutenden Bilder von Blüten und seltsamen Fabeltieren. Auch jetzt spürt sie die Wärme, die es ausstrahlt und das eigenartige Kribbeln. Ihr Herz klopft wie verrückt. Der Verstand sagt ihr: „Das ist alles Humbug!", doch eine innere Stimme mahnt: „Öffne das Buch, die Zeit drängt!" Sie schließt einen Moment die Augen, bevor sie die erste Seite aufschlägt. Die unbekannte Schrift verschwimmt vor ihrem Blick. Unbewusst führt sie ihre Hand zu dem Stein, den sie jetzt an einem Lederband trägt. Ihr ist schwindelig, ihre Augen brennen. Noch einmal atmet sie tief ein, dann begreift sie, dass sich die Schriftzeichen in lebendige Bilder verwandeln und nach und nach von ihr Besitz nehmen. Mit jeder Seite, die sie blättert, entfernt sie sich weiter aus der Wirklichkeit ihres Zimmers, in eine andere Welt.

Die Zukunft

Louisa erkennt, dass sie sich nicht mehr in ihrer Zeit befindet. Alles sieht fremd und anders aus, irgendwie unwirklich. Sie steht an einer Straße. Sonderbare, futuristische aussehende Fahrzeuge bewegen sich fast geräuschlos schwebend vorwärts. Die Häuser dieser Stadt sind so hoch, dass sie fast den Himmel berühren, den man jedoch kaum noch sehen kann. Einen Baum, oder sonst was Grünes sucht man vergebens. Kein Vogel singt. Auf den Gehwegen liegt überall Müll. Sie spürt eine sonderbare Kälte um sich herum, obgleich die Luft stickig heiß ist und schwer wie Blei. Das Atmen fällt ihr schwer. Louisa setzt sich auf einen Betonklotz und schaut dem Treiben zu. Die Menschen hasten kreuz und quer an ihr vorbei, den Blick starr auf ein Handy ähnliches Ding gerichtet. Sie rempeln sich gegenseitig an, ohne sich wahrzunehmen, ohne Rücksicht und ohne sich zu entschuldigen. Ihre Gesichter wirken grau und ausdruckslos. Sie scheinen nicht wirklich anwesend zu sein. Sie beobachtet Leute vor einer Tafel mit vielen Abbildungen, fast wie in einem Fastfood – Restaurant. Eine Frau tippt auf ein Piktogramm, auf dem ein gelbes Getränk abgebildet ist. Sie entnimmt es aus einer Klappe, und geht weiter.

„Cool", murmelt sie, „es scheint, der Saft ist kostenlos." Auch andere Menschen gehen zu der Tafel, tippen auf die eine oder andere Taste, entnehmen das Gewünschte aus der Box und gehen ihrer Wege. Sie erinnert sich an eine Einrichtung in ihrem Ort, die sich zufällig „Die Tafel" nennt. Da können Bedürftige für wenig Geld einkaufen. Fast ist sie versucht, sich auch einen Saft zu holen, findet aber, dass sie nicht zu den Bedürftigen gehört. Ziellos geht sie weiter. Bisher hat sie noch kein einziges Kind unter den vielen Menschen gesehen. Und genau denen soll sie doch etwas Wichtiges bringen, was sie irgendwann verloren haben, von dem sie bisher nicht die leiseste Ahnung hat, was das ist. ›Warum haben sie denn nicht darauf aufgepasst, wenn es so extrem wichtig ist, und wieso soll ausgerechnet ich danach suchen?‹, fragt Louisa sich ärgerlich. ›Wahrscheinlich sind die Kids um diese Zeit noch in der Schule oder im Kindergarten?‹ Sie schaut auf ihre neue Armbanduhr, doch der Sekundenzeiger bewegt sich nicht, sie ist stehengeblieben! ›Auch dass noch! Ich muss wissen, wie spät es ist, und raus finden, ob es hier irgendwo eine Schule gibt‹, beschließt sie. Sie geht auf eine Frau zu, die ihr entgegeneilt. „Hallo", grüßt Louisa freundlich, „können Sie mir sagen wie spät es ist und wo ich die Schule finde?" Die Frau stößt sie beiseite, und schaut sie verstört an.

Sorry, nicht gerade gut gelaunt heute, wie?" ‚murmelt Louisa irritiert.

„Aber vielleicht versteht sie meine Sprache gar nicht, was weiß ich, wo ich hier gelandet bin." Sie versucht es bei einer anderen, etwas älteren Frau, diesmal in Englisch.

„Sorry, can you tell me what time it is, and where the school is located?" Aber auch dieser Versuch ist erfolglos, die Angesprochene schaut sie an, als ob sie einen Geist gesehen hätte, und rennt weg, als wäre sie auf der Flucht. › Meine Güte, wie sind die denn drauf?‹ ‚denkt sie, und schaut kopfschüttelnd hinter ihr her. Die Lust weiter zu fragen ist ihr endgültig vergangen. Sie nimmt sich vor die Schule auf eigene Faust zu suchen. Fast wäre sie über die Beine eines ärmlich gekleideten alten Mannes gestolpert, der auf der Bordsteinkante hockt. Mit zittrigen Fingern hält er einen Becher in der Hand, in dem etwas klimpert. Als er Louisa wahrnimmt, schaut er überrascht auf. „Was machst du hier? Woher kommst du? Du musst weg!" ‚flüstert er heißer. Du darfst hier nicht einfach umher laufen. Hast du denn gar keine Angst?" Louisa schaut sich verunsichert um. Langsam wird ihr die Sache zu bunt. „Angst, wovor?", fragt sie den Alten. Auch er dreht den Kopf ängstlich in alle Richtungen. „Das sie dich kriegen!", murmelt er hektisch. Es läuft ihr kalt den Rücken herunter. „Mich kriegen?", fragt sie sicherheitshalber nochmal nach, „wer will mich denn haben?" „Pssst, nicht so laut", unterbricht der Alte sie, „Entschuldigung, aber du müsstest doch wissen, was dann passiert!" Hilflos schaut Louisa sich um. ›Was hab ich denn falsch gemacht, und was hätte ich wissen müssen‹, überlegt sie. Instinktiv greift sie zum grünen Stein an ihrer Kette. Als der Alte die Kette an ihrem Hals wahrnimmt, steht er plötzlich ungewöhnlich flink auf und packt sie unsanft am Arm. „Komm mit!", befiehlt er grob. Trotzig bleibt Louisa stehen. „Ich gehe ganz sicher nicht mit Ihnen", antwortet sie selbstbewusst. „Dir wird wohl nichts anderes übrig bleiben", antwortet er, und fingert einen grünen Stein aus dem Becher. Der Alte schaut sie eindringlich an. Louisa ist geschockt, „woher haben Sie diesen Stein?" „Das erkläre ich dir im Haus", unterbricht der Alte sie. „Du kannst mir vertrauen, achte auf die Farbe deines Steins." Tatsächlich hat sie sich nicht verändert, und Louisa beschließt, ihm zu folgen. Der Alte zieht sie hinter sich her in den Hausflur, dann eine Treppe abwärts. Er wirkt sehr nervös. Immer wieder schaut er sich um. Vor einer dicken Holztüre bleibt er stehen, zieht umständlich einen Schlüssel aus seiner Jackentasche und schließt auf. „Hier herein, schnell", fordert er sie auf. Dann schließt er die Türe von innen und verriegelt sie zusätzlich. Louisas Herz pocht vor Aufregung. ›Auf was, zum Teufel hab ich mich nur eingelassen?‹ ‚denkt sie verzweifelt. Der alte Mann atmet tief durch, als wäre er erleichtert. „Gut," sagt er, „sie hat es also geschafft, du bist also tatsächlich gekommen! Das ist gut!", wiederholt er sich. „Nimm Platz, mein Kind, ich mache uns einen Tee. Du trinkst doch Tee? Magst du auch Kekse?", sprudelt es plötzlich aus ihm heraus. Den freundlich beflissenen Tonfall passt nur sehr ungenau zu dem unfreundlichen Grobian von vorhin. „Ja ..., doch ..., klar ..., danke", stottert sie, und schaut sich in dem Zimmer um. Es wirkt gemütlich und ist offenbar Teil einer Wohnung, die so gar nicht zur äußeren Erscheinung des alten Mannes passt. Überall an den Wänden stehen Regale die sich unter der Last der Bücher biegen. Wunderschöne Bilder und Weltkarten zieren den Rest der Wände. Die einzige Sitzgruppe in diesem Raum besteht aus zwei gemütlichen Sesseln in dunkelgrünem Samt, einem Sofa und einem runden Tisch. Dicke Gardinen verhindern den Blick nach außen. Sie versucht, sich zu beruhigen, will erst einmal die Lage checken.

Der Alte kommt zurück und stellt ein Tablett mit Tee und Gebäck auf den Tisch. „Bitte nimm Platz." „Minou, komm zu mir und lass unseren Gast sitzen!" ‚ruft er einer Katze zu, die sich auf einem der Sessel räkelt. „Ich bin übrigens Conrad", stellt er sich vor und reicht ihr die Hand zur Begrüßung. Sie fühlt sich warm und stark an. „Ich bin Louisa", stellt auch sie sich vor.

Die Katze maunzt und springt vom Sessel, um sich gleich darauf auf dem Schoß des alten Mannes zu platzieren.

Louisa ist froh sich setzen zu können, um die ersten Eindrücke zu verarbeiten. Ihre Knie fühlen sich immer noch an wie frischer Wackelpudding. „Schön, also noch einmal: Herzlich willkommen Louisa, ich freue mich, dass du da bist", begrüßt der Alte sie ganz formell, während er den Tee eingießt. „Wir hatten fast schon die Hoffnung aufgegeben, dass es so etwas wie dich noch gibt, und es wurde höchste Zeit. Sie hat lange gesucht, und ich habe lange gewartet. Aber ich fühle, sie hat den richtigen Menschen gefunden. Ja, du bist die Richtige!", sagt er fest. Sie trinkt einen Schluck vom köstlichen Tee und findet endlich ihre Sprache wieder. „Also erstens: So etwas wie mich gibt es überall auf der Welt. Zweitens: Kapiere ich nicht, was hier gerade abgeht, und drittens: Wofür ist es „höchste Zeit" und wofür soll ich die Richtige sein?" Ach ja, und viertens: Wer bitteschön ist 'SIE'. „Okay, Louisa", sagt der Alte lächelnd über ihren plötzlichen Redeschwall. „Also von Anfang an und der Reihe nach."

„Darum würde ich Sie sehr bitten", antwortet Louisa.

„Dich!, korrigiert Conrad. „Mich?" „Nein, ich meine, sag einfach Conrad und 'du' zu mir". Auch Conrad nimmt in aller Ruhe einen Schluck Tee, bevor er langsam und bedächtig beginnt. Es scheint ihm schwerzufallen die passenden Worte zu finden. „Also zu deiner ersten Frage: Du bist ein Mädchen mit Charakter, ehrlich, empathisch und klug dazu. Das ist eine sehr wertvolle Kombination, deshalb halten wir dich für fähig, uns zu helfen. Zu Frage zwei: Um zu verstehen was hier abgeht, wie du es nennst, muss ich gleich weiter zu deiner dritten Frage gehen, und die ist etwas kompliziert, also nicht ganz so einfach zu beantworten" windet Conrad sich. „Also ..., äh ..., wir leben in einer Zeit, in der es dich ...", er räuspert sich umständlich, „... in der es dich eigentlich schon lange nicht mehr gibt!" Louisa verschluckt sich am Tee und hustet. „In der es mich was?" Fragt sie sicherheitshalber nochmal nach. Mit vielem hat sie gerechnet aber nicht mit so etwas. „Die Sache ist die", antwortet Conrad so vorsichtig wie möglich: Wir befinden uns im Jahr 2260!"

„Wir befinden uns woooo??", ruft sie geschockt. Ein Stück Keks bröckelt aus ihren Mund. „Das ist doch sicher ein Scherz, ein Irrtum oder sonst was!" Sie ist verzweifelt. Minou springt erschrocken von Conrads Schoß und flüchtet in den hinteren Bereich der Wohnung. „Beruhige Dich Louisa, du selbst wirst dich nicht verändern, du bleibst, wie du bist." „Ach nein?? Dann bin ich ja beruhigt", kontert Louisa aufgebracht. „Das ist ja absolut irre!" Sie atmet ein paar mal tief durch, um ihre Nerven zu beruhigen. „Dann wäre ich jetzt...", sie überlegt und rechnet, „...schlappe 242 Jahre alt!"

„Nun ja, das wäre dann wohl so", antwortet Conrad kleinlaut. „Man sieht dir das Alter aber gar nicht an",versucht er zu scherzen. Aber Louisa ist nicht zum Scherzen aufgelegt. „Und weiter? Wofür ist es höchste Zeit?? Jetzt möchte ich wissen warum ich hier bin. Und ich will ehrliche Antworten auf alle meine Fragen", fordert Louisa mutig. „Die sollst du haben", verspricht Conrad und sucht nach den passenden Worten. Louisa spürt, wie schwer es ihm fällt. Wie versteinert sitzt sie in dem Sessel und schaut ihn gebannt an, schlimmer kann es kaum noch kommen. Gedankenverloren zerbröselt er einen Keks auf seinem Teller. Endlich beginnt er. „Alles was ich dir sage, Louisa, ist die Wahrheit, das möchte ich dir versichern! Ich möchte dir zunächst etwas über unsere Zeit erzählen, und was aus der Menschheit geworden ist. Seit der Zeit in der du „real" lebst, hat sich vieles verändert, nicht nur technisch, sondern auch die Menschen haben sich verändert."

„Die Menschen, die mir bisher begegnet sind, sahen alle ziemlich normal aus!", wendet Louisa ein.

„Körperlich betrachtet hast du sicher Recht, es geht um den Charakter, um ihre Menschlichkeit. Sie ticken heute eher wie Roboter, ohne Gefühle. Aber dazu später mehr. Die Menschheit von heute lebt nicht mehr so frei und individuell wie in deiner Zeit. Die Menschen der Jetztzeit sind komplett kontrolliert und gläsern." Louisa hebt verwundert die Augenbrauen. „Was heißt das?" „Das bedeutet, das alles was wir tun, beobachtet und manipuliert, und auch kontrolliert wird!" „Manipuliert?, von wem?" „Von den GH, „Große Herrscher",wie sie auch gerne genannt werden. Sie bestimmen unser Leben. Eigentlich sind wir nur noch Marionetten, um es altmodisch auszudrücken." „Das hört sich übel an", findet Louisa. „Meinst du?, es kommt immer noch schlimmer! Die Menschen hier tragen Chips, die ihnen sofort nach der Geburt in Kopf und Finger implantiert werden. Diese Chips sagen alles über die Gewohnheiten, die Gesundheit, den Aufenthalt und spionieren sogar die Gedanken aus. Selbst die Nahrungsaufnahme wird kontrolliert und notfalls korrigiert. Die Chips sind gleichzeitig Zahlungsmittel und Identity Card." Louisa erinnert sich an die Frau mit dem Orangensaft. Auch sie hat wohl mit dem Chip im Finger bezahlt. Krass!

„Einen Partner bekommt man heute zugewiesen", berichtet Conrad weiter. Es geht nicht mehr um Liebe, wenn man einen Partner sucht. Alles ist perfekt aufeinander abgestimmt! Deshalb gibt es auch keine Scheidungen mehr. Nicht perfekte Menschen werden fast wie 'Mängelexemplare' aussortiert. Sie werden sozusagen nur noch als Arbeiter ohne Rechte und ohne Schutz auf ein eigenes Leben behandelt. Wenn junge Paare Kinder bekommen, müssen sie sie abgeben. Die Eltern erfahren nie, wo man sie hingebracht hat. Es ist eine durch und durch künstliche Welt, in der Gefühle keinen Platz haben." Louisa schüttelt immer wieder den Kopf und schaut Conrad ungläubig an. „Was ist das denn für eine bescheuerte Zeit? Und warum wehrt sich niemand dagegen?", regt sie sich auf. „Sie haben überall ihre Leute, Louisa, muckt jemand auf, gibt es drastische Strafen. Und glaub mir, die sind nicht zimperlich! Man kann niemandem mehr trauen."

„Das kann ich nicht glauben, warum haben die Menschen sich so verändert? Ich habe mir immer vorgestellt, dass die Menschen mit der Zeit klüger werden, dass sie aus Fehlern der Vergangenheit lernen. Aber was du mir erzählst, hört sich eher nach einem miesen Sciencefiction Film an."

Conrad sieht Louisa lange an und nickt: „Der leider real geworden ist! „Komm her, Louisa, ich zeige dir etwas, was dich ohne Zweifel noch mehr schockieren wird." Er krempelt seine Hemdsärmel hoch, bis eine heftige Narbe sichtbar wird. Louisa ist betroffen, „Haben sie dich gefoltert?", fragt sie mitfühlend. „Nein Louisa, ich bin einer der Menschen, die aus Überzeugung zum Täter wurden!" „Was heißt das?" Louisa fühlt plötzlich eine große Beklemmung in sich, und sie spürt, dass es Conrad schwerfällt, weiter zu reden. „An dieser Stelle war ein Chip implantiert, der weitaus mehr war, als eine Identity Card oder ein Zahlungsmittel. Ich hatte einen so genannten Navi Chip." „Navi Chip?", fragt Louisa, „so etwas wie im Auto?" „Ja, fast wie in einem autonomen Fahrzeug. Mit diesem Chip war ich quasi ein enger Mitarbeiter der GH. Das war eine besondere Auszeichnung. Ich war dazu bestimmt für „Ordnung" zu sorgen und ihre Befehle gnadenlos auszuführen, war gewissermaßen Ferngesteuert!" Ein Gefühl der Angst schnürt Louisa die Kehle zu, als sie Conrad fragt: „Was waren das für Befehle?"

„Ich hatte den Auftrag die Kinder nach der Geburt wegzubringen!"

„Oh Gott!" Louisa stöhnt gequält. „Aber ..., das hast du nicht getan ..., oder?", fragt sie hoffnungsvoll. „Doch, Louisa!" Ich habe es getan und ich war stolz auf meine Aufgabe!" Conrad spürt schmerzlich, wie Louisa sich innerlich von ihm entfernt. Aber es muss sein, er muss ehrlich sein, darf sie nicht belügen, auch wenn es sie traurig macht.

„Wo hast du sie hingebracht, was hast du mit ihnen gemacht", fragt sie verzweifelt. „Ich erinnere mich besonders an eine Mutter, der ich ihr Neugeborenes wegnahm. Sie bettelte und weinte, wollte den kleinen Jungen nicht hergeben. Ich nahm ihr den Kleinen weg, legte ihn in mein Fahrzeug, um ihn in eines der Erziehungs- Camps zu bringen." Louisa bedeckt ihr Gesicht. In ihren Augen brennen Tränen. „Aber das Kind schrie unaufhörlich, ich konnte es nicht mehr ertragen und war bereit, es irgendwo unterwegs abzulegen, wollte es dort seinem Schicksal überlassen. Plötzlich erschien wie aus dem Nichts eine Frau. Sie trug ein langes blaues Kleid und sprach mich mit meinem Namen an, obwohl sie mir völlig fremd war."

„Miranda!?" , ruft Louisa überrascht. „War sie es auch, die lange gesucht hat?" „Ja, sie war es. Miranda hat mir die Augen und das Herz für die Kinder geöffnet. Es war ein langer Kampf, den ich vor allem mit mir selber führte. Schließlich ließ ich mir den Chip von ihr entfernen. Seit dieser Zeit kämpfen wir Seite an Seite für die verlorenen Kinder." Conrad schaut sie fragend an. „Jetzt kennst du meine Geschichte. Ich würde es verstehen, wenn du mich dafür hassest." Nach einer langen Pause, die Louisa in Gedanken versunken vor sich hinstarrt, antwortet sie: „Nein, aber ich bin ziemlich traurig und auch durcheinander. Trotzdem danke, dass du ehrlich warst." Sie trinkt ihren Tee aus, und bittet ihn weiter zu erzählen. Conrad atmet erleichtert auf, ehe er fortfährt.

„Du kannst dir sicher denken, dass sie mich suchen, ich bin sozusagen auf der Abschussliste der GH. Wer mit mir ist, lebt gefährlich! Deshalb danke ich dir sehr für dein Vertrauen. Das ist sehr wichtig für unsere gemeinsame Aufgabe! Weißt du, Louisa, die Menschen in unserer Zeit, die du Zukunft nennst, haben das Wichtigste verloren: Die Menschlichkeit! Genau das ist der Grund, warum wir Hilfe aus der Vergangenheit brauchen, und warum du hier bist. Damit wir den Kindern unserer Zeit Werte wie Mitgefühl, Nächstenliebe, Toleranz, Ehrlichkeit Respekt, oder Rücksicht vermitteln können. Das sind abstrakte Begriffe in unserer Zeit, die niemand mehr kennt. Wir müssen diese Werte wiederbeleben, mit Leben füllen, Louisa. Unsere Kinder haben auch ein Recht auf ein normales Leben, sie sollen spüren, was es heißt, geliebt zu werden und Liebe zu geben. Sie sollen wieder lachen, verstehst du, was ich meine? Wir leben hier in einer kalten, virtuellen, durch und durch künstlichen Welt, da stört die Menschlichkeit nur, aus Sicht der GH zumindest. Denen geht es nur ums Funktionieren! Deshalb ist es höchste Zeit, dass wir wenigstens den Kindern helfen, nicht zu solchen Monstern zu werden! Damit sie eine bessere Zukunft haben.

In Louisas Kopf spielt sich ein entsetzlicher Film ab. Sie wünscht sich zurück, in ihre Zeit. „Du, Louisa", schließt Conrad seine schreckliche Geschichte, „du besitzest all das, was wir dafür brauchen!"

„Wollt ihr diese „Fähigkeiten" etwa aus mir heraus nehmen, oder wie muss ich das verstehen?" Louisa hat gerade das Gefühl innerlich zu schrumpfen. „Wie könnt ihr mir nur so etwas zumuten, ihr habt eine völlig falsche Vorstellung von mir, ich ..., ich ...," sie ist den Tränen nahe. Conrad legt seine Hand tröstend auf die ihre. „Nein, Louisa, wir *BITTEN* dich um Hilfe, Louisa, wir Bitten! Und die Zeit drängt! Du hast sicher bemerkt, dass es auf der Straße keine Kinder gibt?"

Tapfer schluckt sie ihre Verzweiflung runter. „Ja, ich habe ein paar Leute auf der Straße gefragt, aber niemand hat geantwortet! Wo sind die Kinder, Conrad, und wo sind diese beknackten Camps, in die sie gebracht werden?"

„Nun", beginnt Conrad, „es werden, wie ich dir schon sagte, nur noch sehr wenige Kinder geboren und gleich nach der Geburt „eingesammelt." Die meisten Eltern interessiert es nicht, was mit ihnen geschieht. Wir, also Miranda und ich tun, was wir können. Wir haben einige Helfer, die so viele Kinder wie möglich abfangen und zu uns bringen. Wir verstecken sie an geheimen Orten. Dort werden sie von unseren Leuten aufgezogen!" „Aber dann sind sie doch auch eingesperrt!" „Ja, aber sie werden auch beschützt, und sie werden gut versorgt Louisa. Die Erzieher sind auf unserer Seite, sie sind sehr bemüht. Doch wie sollen sie Werte vermitteln, die sie selber auch nicht kennen? Dafür brauchen wir deine Hilfe! Wir brauchen etwas aus deiner Zeit, dass uns und unsere Kinder inspiriert. Etwas dass ...", Conrad sucht nach passenden Worten, „...mit Menschlichkeit zu tun hat. Wir brauchen ein Vorbild, jemanden der ihnen durch ein praktisches Beispiel zeigt, was Menschlichkeit ist. Louisa, die Kinder sind der Welt Zukunft! Aber ohne Menschlichkeit geht unsere Zukunft für immer verloren" ruft Conrad verzweifelt.

„Warum ist es denn überhaupt so weit gekommen, Conrad? Wie konnte das passieren?"

„Das wirst du später erfahren. Für heute ist es genug." Conrad steht auf, und umarmt Louisa liebevoll zum Abschied „Auf bald Louisa, auf sehr bald!" „Werde ich ..., werde ich denn wiederkommen ..., in diese Zeit ..., ich meine hier zu dir?" „Ja, Louisa, wann immer du willst und das Buch in deine Hände nimmst." „Ja dann"..., Louisa schaut sich unsicher im Zimmer um. „Wiedersehen Conrad! Äh ..., und wie komme ich zurück?" Conrad zeigt auf eine grüne Türe.

„Geh einfach hindurch, Louisa, sie ist quasi die Schwelle zu deinem Bewusstsein. Bis bald Louisa!", winkt er freundlich hinterher." Louisa tut, wie ihr geheißen. Die Türe verwandelt sich in ein wabbeliges Nichts, ein unbeschreibliches Etwas.

*

Als Louisa ihre Augen öffnet, fühlt sie sich ausgeruht und gähnt wie nach einem langen erholsamen Schlaf. Sie braucht einen Moment, um zu sich selbst zu finden und ist froh in ihrer Zeit zu sein. Das war hartes Brot! „Louisa kommst du essen?", ruft Anne Dore sie in die Wirklichkeit zurück.

„Ja gleich, Mama", antwortet sie und reckt sich ausgiebig. Sie schließt das Buch in ihrer Schreibtischschublade ein und ist dankbar, wieder in ihrer eigenen Welt zu sein. Ein Blick auf ihre Armbanduhr beruhigt sie, die Zeiger bewegen sich wieder. Sie staunt: „Was? Nur eine halbe Stunde war ich in der Zukunft? Wow! Was für eine unglaubliche Zeitreise, und was für eine verkorkste Zukunft." Pünktlich nach dem Essen stehen die Gäste vor der Türe. Louisa geniest die Wärme der Familie. Noch nie ist es ihr so bewusst gewesen, wie viel es ihr bedeutet, diese Menschen um sich zu haben. Am späten Nachmittag kommen auch Mia und Lilly. Der Himmel hat sich mittlerweile zugezogen und in der Ferne ist das erste

Donnergrollen zu hören. Eigentlich hatten sie sich vorgenommen, einen Spaziergang zu den Pferden zu machen.

„Ist wohl keine gute Idee, jetzt noch loszugehen?" findet Mia. „Stimmt, wie wäre es stattdessen mit Kino?" schlägt Lilly vor. „Nicht schlecht, was läuft denn?", will Louisa wissen. „Zurück in die Zukunft, Teil drei" antwortet Mia. „Oh nein, nicht schon wieder!", platzt Louisa raus. „Aber den kennst du doch gar nicht, der ist brandneu!", sagt Mia verwundert.

„Klar, nee, war nur ein Scherz, natürlich kenne ich den noch nicht, hab nur im Moment keinen Bock auf Geschichten mit Zeitreisen", lenkt Louisa ein.

„Wie wärs mit „Fack ju Göhte, Teil drei?" „Geht fit, stimmt Lilly zu, von mir aus gerne."

Als Oliver seine Tochter am Abend fragt, ob ihr der Film gefallen hat, stößt Louisa unvermittelt eine sehr ernste Diskussion über die Zukunft der Menschheit und die negative gesellschaftliche Veränderung an. Damit hatte er nicht gerechnet. Oliver ist erstaunt, wie viel seine Tochter zu diesem Thema weiß. Er nimmt sich vor, mehr mit ihr zu reden, während Louisa sich vornimmt, möglichst bald noch einmal in die Zukunft zu reisen. Sie hat so viele Fragen!

Es klopft an ihrer Türe. Anne Dore schaut herein, um ihr zu sagen, wie stolz sie auf ihr kluges Mädchen sind, aber: „mach dir nicht zu viele Gedanken, Louisa. Dafür sind schließlich die Politiker da!" „Ja, du hast Recht Mama, Politiker sind dazu da, das zu tun, wofür sie gewählt wurden. Wenn die Menschen aber nur an ihr eigenes Wohl denken, wählen sie dann noch vernünftig? Und wenn Politiker nur an ihre Karriere denken, können sie dann noch ehrliche Politik machen?" Anne Dore schüttelt verwirrt den Kopf und verabschiedet sich mit einem Gute Nacht Kuss und ein paar Sorgenfalten mehr auf ihrer Stirn.

Aber all das ist nicht so brennend wichtig, wie die Frage nach den Kindern der Zukunft! Ihr Kopf brummt, sie nimmt ihr Handy und simst noch ein wenig Belangloses mit Freundinnen, bevor sie schlafen kann. Trotz der krassen Erlebnisse schläft sie gut und traumlos, fühlt sich am Morgen ausgeruht. Oliver und Anne Dore bemerken eine Veränderung an Louisa. Seit ihrem Geburtstag wirkt sie verschlossener, oft scheint sie mit ihren Gedanken ganz woanders zu sein. „Bedrückt dich etwas Louisa, hast du ein Problem, machst du dir zu viele Gedanken?", fragt Oliver seine Tochter. „Alles okay Dad" ,antwortet sie, „es geht mir gut, mach dir keine Sorgen!" Sie umarmt Oliver und sagt: „Ich hab dich sooo lieb!" Oliver ist gerührt: „...ich liebe dich auch Louisa!"

Zweiter Ausflug in die Zukunft

Louisa hat den ganzen Vormittag in ihrem Zimmer verbracht.

Anne Dore ist beunruhigt. „Das hat sie noch nie gebracht, sich einen halben Tag mit Kopfschmerzen zu entschuldigen, das ist sehr ungewöhnlich. Nicht mal mit den Freundinnen hat sie telefoniert, das Handy lag die ganze Zeit auf dem Ladegerät", klagt sie Oliver. „Soll ich mal nach ihr sehen?" „Nein, nicht nötig, Leander sagt, sie schläft." Louisa ist froh, dass die Familie sie in Ruhe lässt, und die Ausrede mit den Kopfschmerzen akzeptiert. Tatsächlich brummt ihr Kopf von all den Dingen, die sie in der Zukunft erlebt hat. Trotzdem hat sie beschlossen eine weitere Reise zu Conrad zu wagen. Sie holt das Buch erst aus der Schublade, als sie hört, dass die Eltern mit Leander und Gustav spazieren gehen. Bevor sie es aufschlägt, fällt ihr Blick auf den Stein an ihrem Halsband. Alles ist gut!

Es scheint, als habe Conrad sie erwartet. Ohne Umschweife bittet er sie, Platz zu nehmen, und beginnt zu erzählen. „Du willst wissen, warum es soweit gekommen ist, Louisa?

Der Grund dafür ist ziemlich komplex, also vielfältig. Ich will versuchen es zu erklären. Der Mensch kämpft seit ewigen Zeiten um Nahrung, deshalb hat er überlebt. So weit, so gut. Leider war schnell klar, dass der, der am erfolgreichsten jagt, gleichzeitig auch die Vorherrschaft im Clan hat, er ist der Boss! Das Prinzip ist gleich geblieben, es hat sich aber immer weiter zugespitzt. Heute ist es so weit, dass ein Prozent super-reiche Menschen so viel besitzen wie die restlichen neunundneunzig Prozent der Erdbevölkerung. Während große Teile der Bevölkerung hungern, lebt ein winzig kleiner Teil in unvorstellbarem Reichtum. Beginnen wir im Jahr 2017 an, in dem du lebst. Damals hatten die Menschen in deinem Land noch ein relativ gutes Leben. Es gab genügend Arbeit, sodass die meisten Menschen sich und ihre Familien gut selbst versorgen konnten. Und der Staat unterstützte die Schwachen und Kranken...

Louisa stellt fest, dass Conrad von der Zeit, in der sie real lebt, in der Vergangenheitsform redet.

...Mit der Zeit jedoch veränderten sich die Dinge drastisch. An vielen Arbeitsplätzen standen jetzt Roboter anstelle von Menschen. Die Familie, so wie du sie noch kennst, rückte mehr und mehr in den Hintergrund, während der Job, sofern man einen hatte, an die erste Stelle rückte. Es wurde zum Spießrutenlauf den Lebensstandard zu halten, um nicht in die Armut abzudriften. Die Menschen waren damit beschäftigt gesellschaftlich zu überleben, hatten keine Zeit mehr sich um eine Familie zu kümmern. Viele Paare entschieden sich deshalb von vornherein gegen Kinder. Schließlich kam es so weit, dass Kinderlärm sogar verboten und unter Strafe gestellt wurde. Damit hielt die Kälte Einzug in die Gesellschaft.

Zeitgleich wurden in den ärmsten Ländern der Erde viele Kinder geboren, die jedoch keine Chancen auf Gesundheit und Bildung hatten. Kriege um Glauben und Macht erschwerten das Leben der Menschen in diesem Teil der Welt. Viele Millionen Menschen verloren ihr Leben oder waren auf der Flucht auch nach Europa.

Einige Regierungen kümmerten sich und nahmen Flüchtlinge auf, wollten ihnen Schutz und Heimat geben. Sie haben gehofft, sie schaffen das. Doch gab es auch viele Menschen, die sich dadurch bedroht fühlten. Sie hatten Angst, dass die Fremden ihnen den hart erkämpften Wohlstand nehmen. Neid und Missgunst breiteten sich aus wie die Pest. Fragwürdige Parteien nutzten das für sich aus und hatten leichtes Spiel. Sie veränderten das bis dahin noch einigermaßen friedliche Miteinander in eine Kultur des Gegeneinander. Hetze und Gewalt spalteten die Völker. Auch die Geflohenen hatten es schwer sich anzupassen an die freiheitliche demokratische Lebensform, die so ganz anders war, als sie es gewohnt waren. Es war nicht einfach für sie, sich in der fremden Kultur zurechtzufinden. Sie kamen aus Ländern, in denen Frauen wenig Rechte haben. Kinder, vor allem Mädchen, oft nicht zur Schule gehen durften, als Kinder schon verheiratet wurden, oder auch zum Kämpfen in den Krieg geschickt wurden. Hier prallten Welten aufeinander, die unterschiedlicher kaum sein konnten. Es war eine schwierige Zeit, in der eine bunte Vielfalt von Menschen mit völlig verschiedenen Lebensideen lernen mussten, sich irgendwie zusammenzuraufen. Man hoffte, diese Aufgabe mit Respekt und Geduld zu schaffen. Aber die Motivation ließ nach und machte der Gleichgültigkeit Platz." Louisa dachte an einen syrischen Jungen aus der Nachbarschaft. Er war ungefähr so alt wie Leander. Sie nahm sich vor, mehr über ihn und sein Schicksal zu erfahren.

„Es gab auch Menschen, die den Terror mitbrachten. Sie wollten die Freiheit zerstören und verbreiteten Angst und Schrecken." „Du meinst wie in Frankreich oder in Deutschland?" „Ja, und an vielen anderen Orten überall auf der Welt." „Du sprichst, als ob du selbst in dieser Zeit gelebt hast?" „Ja, Louisa!" „Ja was?" „Ja, ich habe viel gesehen.

Aber das ist eine andere Geschichte. Ich denke, für heute ist es genug. Es ist sozusagen „Hartes Brot", das du erst mal verdauen musst."

„Aber welche Rolle spielt Miranda und was ist sie?"

Conrad atmet tief ein, bevor er erklärt, dass Miranda aus längst vergangen Welten kommt. „So wie ich?",fragt Louisa. „Wie kann ich das erklären, sie ist eigentlich nicht mit uns zu vergleichen. Stell sie dir als gute Seele vor, als unser Gewissen sozusagen. Sie ist im Prinzip immer in unserer Nähe! Ohne Mirandas Wissen würden wir die Dinge gar nicht verstehen. Miranda erklärt die Welt wie eine Münze, mit zwei sehr unterschiedlichen Seiten, die sich aber gegenseitig geprägt haben." „Oh Mann, das ist alles so tricky, das ich viel Zeit brauche, es einigermaßen zu verstehen. Es scheint alles so irre kompliziert." „Das verstehe ich gut, genau den Eindruck musst du haben, das nehme ich dir gerne ab", nickt Conrad. „Ich denke, ich entlasse dich jetzt wieder in deine Zeit. Alles was du bisher gehört hast, Louisa, wird sich in deinem Wissen ansammeln und hilft dir später Zusammenhänge besser zu erkennen und zu verwerten."

„Es ist echt 'ne gruselige Welt, von der du erzählst, Conrad, düster und beklemmend. Ehrlich, davon hatte ich wenig Ahnung!", gesteht Louisa.

Conrad verabschiedet sich liebevoll von Louisa ehe sie wie selbstverständlich durch die grüne Tür verschwindet.

Als Louisa das Buch in die Schublade zurücklegt, ist es Mitternacht. Aber an Schlaf ist nicht zu denken. ›Warum muss es Kriege geben? Warum Glaubenskriege?‹, fragt sie sich. Eigentlich steht Gott doch für das Gute, und das ist sicher in jedem Glauben so. Wir beten zu Gott, um zu Danken und zu Bitten, fühlen uns Geborgen und vertrauen auf ihn. Wir versuchen seine Gesetze zu achten ganz gleich, ob wir Christen, Juden, Moslems, Hindus, Buddhisten oder weiß der Himmel was sind, wir alle hoffen auf das Gute, das von Gott ausgeht. Warum verbindet uns das nicht? Und was ist eigentlich mit denen, die an gar nichts glauben?"

Die dritte Reise

Ganze zwei Tage hat Louisa es ausgehalten, jetzt muss sie zu Conrad. Sie möchte endlich die Kinder sehen. Aber Conrad ist noch nicht bereit, mit ihr in ein solches Camp zu gehen. Er möchte sie mehr darauf vorbereiten.

„Du musst noch mehr über die Sorgen der Menschen auf diesem Planeten erfahren denn, sie haben ein weiteres dringendes Problem: Den Schutz der Umwelt! Mit der Zeit sind die Energieressourcen knapp geworden, der Kampf darum ist erbarmungslos. Fracking und das Abholzen des Regenwaldes verändern das Klima der Erde nachhaltig.   Dennoch will niemand der Umwelt zuliebe auf irgendwelche Annehmlichkeiten verzichten. In einigen Ländern ist die Luft zum Atmen grau vor Schmutz. Trotzdem schiebt sich Auto an Auto durch die Straßen. Obwohl die Technik vieles könnte, geht es der Industrie hauptsächlich um Gewinn Maximierung Die Folge der ungebremsten Umweltbelastung ist das Schmelzen der Pole. Der Meeresspiegel ist angestiegen. Viele Küstenregionen sind heute längst im Meer versunken. Das Wetter wurde immer extremer. Regenfluten, heftige Stürme wechselten sich ab mit Hitze und Dürre. Ein unerklärliches Insektensterben hatte katastrophale Folgen für die Ernährung von Mensch und Tier. Der Einsatz von Unkrautvernichter belastete das Ökosystem massiv. Die Hungersnot in der Welt wurde stetig größer. Alles, was schon in deiner Zeit von Umweltforschern vorhergesagt wurde, Louisa, ist in unserer Zeit eingetreten. Wir haben zu spät reagiert!

Die Natur Louisa, die braucht uns Menschen nicht, aber wir, wir brauchen die Natur, wenn wir überleben wollen." Conrad steht auf und bereitet Tee. Louisa sieht ihm gedankenversunken dabei zu.

›Warum hab ich nie darüber nachgedacht? Im Fernsehen wurde oft davon berichtet wenn Flüsse über die Ufer getreten sind, oder Bäume vom Sturm entwurzelt wurden. Bisher sind sie in ihrem Städtchen davon verschont geblieben.‹ Sie schweigt betroffen.

›Die Welt in der sie lebt, schien ihr bisher okay, zumindest geht es meiner Familie gut‹, denkt sie.

Als Conrad ihr den Tee reicht, spürt er ihre Unsicherheit. Nach einer Weile ergreift er ihre Hand und holt sie aus ihren Gedanken zurück.

„Ich möchte dir etwas zeigen Louisa, komm mit." Er geht zu einem der Fenster und zieht den Vorhang zurück. Mit allem hatte Louisa gerechnet, aber dieser Anblick lässt ihr den Atem stocken. Sie sieht die Erde, wie man sie wohl nur von weit oben aus dem Weltall sieht. Blau und wunderschön.

„Sie gefällt dir, nicht wahr? Sie sieht phantastisch aus, nicht wahr?" Er zoomt das Bild näher. Während die Erde sich langsam dreht, wechseln die Farben ihrer Oberfläche. Das intensive Blau der Meere, das Weiß der Pole, leuchtendes Gelb der Wüsten, mit steinigem Grau der Gebirge und dem satten Grün des Regenwaldes, aus vielen tausend Metern Höhe betrachtet. Als Conrad das Bild etwas heranzoomt, kann sie sogar die Farben verschiedener Mineralien unterscheiden, dort wo sie abgebaut werden.

„Wie schön", flüstert Louisa andächtig. „Es sieht aus wie ein Gemälde." „Von Weitem betrachtet ja", stimmt Conrad ihr zu. Aber schauen wir mal genauer hin." Er zoomt das Bild der Erde näher. Jetzt sind die Landschaften deutlich zu erkennen: Ausgetrocknete Seen, geschmolzene Gletscher, brennende Wälder, und vom Krieg zerstörte Städte...

„Das ist die Welt von heute. Weiter will ich nicht zoomen, Louisa, du kannst dir vorstellen, dass es noch viel schlimmer kommt."

„Aber dann müssen wir was ändern, ehe es zu spät ist!", empört Louisa sich aufgebracht. Conrad schaut sie gedankenvoll an. „Weißt du, Louisa, wir hatten das Glück in diese wunderbare, vielfältige Welt geboren zu werden, wir haben den Verstand, die Seele und den Körper ..., was uns zu fast allem befähigt! Doch wir haben unsere Fähigkeiten nicht zum Guten genutzt." „Aber können wir denn noch was ändern, Conrad?" „Ja, Louisa, und darum bist du hier! Für heute ist es genug mein Kind, geh zurück in deine Zeit." Louisa überlegt einen Moment. „Wäre es möglich, dass ...," „Ja", antwortet Conrad, noch ehe sie ihre Frage zu Ende formuliert hat. „Aber du musst dir völlig sicher sein, dass der Mensch, den du mitbringen möchtest, alle Voraussetzungen dafür hat!" „Welche Voraussetzungen denn??"

„Du musst absolutes Vertrauen zu dem Menschen haben, und er muss einen guten Charakter haben. Das musst du alleine raus finden. Ist es der falsche Mensch, ist unsere Mission in Gefahr." „Danke Conrad", sie umarmt ihn und drückt ihm spontan einen Kuss auf die faltige Wange, ehe sie sich durch den grüne Wabbel zurück in die Vergangenheit beamt.

„Ich hätte nie gedacht, dass die Wirklichkeit so krass ist", denkt sie, als sie sich im Bett wiederfindet.

Die Stunde der Wahrheit

Zurück in der Gegenwart verabredet sie sich umgehend mit ihren Freundinnen. Sie hat sich vorgenommen, die beiden in ihr Geheimnis einzuweihen. Die Hütte auf dem Donnersberg scheint ihr der geeignete Ort dafür. Dort können sie ungestört reden. Nach der Schule gehen sie los. Mia und Lilly unterhalten sich angeregt über die Arbeit im Pferdestall, während Louisa in ihre Gedanken versunken ist. „Hey, Louisa, hörst du eigentlich zu?", fragt Mia belustigt, „in welchen Sphären schwebst du denn? Du bist doch nicht etwa verliebt?" „Entschuldigt, ich hab nicht zugehört", gesteht Louisa. Die Freundinnen schauen sich belustigt an.

„Was ist los, du verbirgst doch was vor uns?", bohrt Lilly. „Hast du an den Schlüssel für die Hütte gedacht?", lenkt Louisa von ihrer Frage ab. Lilly nimmt den Schlüssel aus ihrer Jackentasche, und hält ihn wie eine Trophäe in die Höhe. „Hier ist der Schlüssel fürs

Hexenhäuschen", lacht sie fröhlich, und scheint ihre Frage von vorhin vergessen zu haben. „Es ist so schön hier", freut sich Mia. „Ja, du hast Recht, antwortet Louisa, wir sollten öfter herkommen." Sie stellen die Rucksäcke ab, nehmen auf der Bank Platz, während Lilly die Hütte aufschließt und die Fenster zum Lüften öffnet. Louisa lehnt sich mit dem Rücken an die warme Holzwand hinter der Bank. Scheinbar genießt sie die Sonnenstrahlen mit geschlossenen Augen. Mia setzt sich schweigend neben sie. Sie fühlt, dass irgendetwas anders ist, mit ihrer Freundin, möchte aber, dass sie von selber erzählt. Auch Lilly spürt die Spannung, die sich ausbreitet. „Hat jemand Hunger?" , fragt Mia, um die Stimmung aufzuheitern.

„Ich möchte euch von etwas erzählen, das mich sehr beschäftigt", übergeht Louisa Mias Hungerfrage. Die beiden Freundinnen werfen sich bedeutungsvolle Blicke zu. Irgendwie liegt ein Knistern in der Luft. Mia stellt vorsorglich eine Flasche Wasser und Gläser auf den Tisch. Ernste Gespräche machen durstig.

„Die Geschichte beginnt letzten Samstag auf dem Flohmarkt", erzählt Louisa. Lilly und Mia unterbrechen sie nicht, hören einfach nur zu, während Louisa erzählt, von Miranda und dem Buch, dem grünen Stein, und von einer Reise, die sie nur im Traum erlebt hat und die dennoch so real ist. Sie erzählt von der Stadt, die grau und kalt wirkt und den Menschen, die ebenso erscheinen. Und dann erzählt sie von Conrad. „Kurz gesagt", schließt sie, „sie bitten uns um Hilfe, damit die Zukunft nicht den Bach runtergeht!" Lilly und Mia sitzen da wie vom Donner gerührt. „Macht den Mund zu, ein offener Mund lässt euch doof aussehen.", versucht Louisa, ihnen die Sprache zurückzugeben.

„Das ist ja vielleicht krass, aber ich meine, was haben wir mit der Zukunft zu tun? Warum kümmern die sich denn nicht selber um ihr Problem? Die Geschichte hört sich ja so schräg an, dass man meinen könnte ..."

„Glaub mir Mia, es kommt noch härter", unterbricht Louisa die Gedanken ihrer Freundin. „Er, also Conrad, hat mir erzählt, dass ich mich im Jahr 2258 befinde."

Waaas!?, ruft Lilly fassungslos. „In der Zukunft?? Oh Gott, dann wärst du ja ...," „Zweihundert-zweiundvierzig Jahre alt" vollendet

Louisa ihre Überlegung. „Mia schüttelt sich. Oh je, wie geht das denn?", fragt sie ungläubig und legt die Stirn in Falten. „Siehst du dann etwa auch so alt aus,... wie eine zweihundert-zweiundvierzigjährige?", fragt Lilly vorsichtig. „Natürlich nicht!" Louisa muss grinsen bei der Vorstellung. „Ich sehe aus wie immer, ich bin halt nur eine kurze Zeit dort." „Jetzt erzähl schon weiter!", drängt Mia. „Ja, los", fordert auch Lilly, „wir wollen alles wissen."

„Also, Conrad erklärt mir gewissermaßen die Welt und auch dass, was wir Menschen mit ihr anstellen. Er sagt, dass alles was wir jetzt in unserer Zeit verbocken, die Menschheit der Zukunft ausbaden muss. Er spricht auch davon, wie die Menschen sich verändern."

„Äußerlich??", unterbricht Mia. „Du meinst dicke Köpfe und spitze Ohren?",witzelt Lilly.„Nein, nicht äußerlich", antwortet Louisa ungehalten. Viel schlimmer: Die Menschlichkeit ist verloren gegangen! So was wie Liebe, Verantwortung, Respekt, Freundschaft, Ehrlichkeit, Rücksicht, Hilfsbereitschaft und so …, es geht nur noch um Geld und Macht! Wusstet ihr eigentlich, dass schon jetzt ein Prozent der Menschen so viel Geld haben wie der gesamte Rest der

Bevölkerung?" „Echt jetzt? Das ist ja krass",staunt Lilly. „Und total ungerecht!", findet Mia. „Ja, das sehe ich auch so wie ihr. Aber das Schlimmste ist: In der Welt, wo ich Conrad treffe, gibt es kein Kinderlachen mehr. Das ist verboten! Die Kinder sind quasi von der Bildfläche verschwunden und weggesperrt!" „Wie weggesperrt?" ,wiederholt Mia entsetzt. „Was bedeutet das?"

„Das bedeutet, dass sie nicht in einer Familie aufwachsen wie wir, sondern in irgendwelchen Camps, ohne ihre Eltern je kennengelernt zu haben. „Oh Gott" ,stöhnt Lilly, „wie furchtbar! So ähnlich wie ein Kinderheim, oder?" „Ja, nur ohne Liebe, das ist in der Zukunft die Regel!" „Aber wie kannst du, äh ... ,ich meine, wie können wir denen denn helfen?" „Ich weiß es doch auch nicht, Lilly, ich weiß ja nicht mal wo sich die Camps befinden!" Louisas Stimme zittert jetzt ein wenig, sie lehnt sich erschöpft zurück. Eine Weile schauen die drei Freundinnen einfach still vor sich hin. „Conrad rät uns dringend, jetzt schon an die Zukunft zu denken und nicht nur an uns! Wir leben ziemlich egoistisch. Und ich glaube, er hat Recht. Ich meine, wir denken wirklich nicht allzu weit, machen uns nicht wirklich

Gedanken um unser Handeln. Ein einfaches Beispiel, was uns drei auch betrifft: Wenn wir uns Klamotten kaufen, ist es uns relativ egal, wo und wie die Teile zustande kommen, Hauptsache sie sind günstig. Ob dafür irgendwo Menschen für einen Hungerlohn schuften müssen interessiert gar nicht. Es interessiert uns auch nicht, dass Gletscher und Pole schmelzen, solange wir keine nassen Füße kriegen. Oder das der Regenwald abgeholzt wird. Solange wir satt zu essen haben, ist uns das alles ziemlich egal. Dass die Meere voller Plastikmüll sind, scheißegal! Hauptsache die Fischstäbchen sind lecker. Und wenn Menschen irgendwo im Krieg leben, oder verhungern, während wir hier Lebensmittel wegwerfen, ... auch kein Problem, Hauptsache alles ist frisch auf dem Tisch. Nur wenn hungernde, geflüchtete Menschen zu uns kommen, haben wir plötzlich Probleme. Wie der Hunger und die Kriege zustande kommen, das wollen wir gar nicht erst wissen. Die Freundinnen schauen sich betreten an. Lilly räuspert sich, „das hört sich alles sehr schwierig an!"

„Ja genau, sehr schlimm! Hat er dir das echt alles so erzählt, meinst du das stimmt wirklich?", fragt Mia.

„Hallo?? Sag mal, hör ich richtig, Mia? Du denkst, ich spinne mir hier irgendwas zusammen oder erzähle euch Märchen? Wenn wir unser Leben nicht ernsthaft überdenken, wird sich für die Zukunft auch nichts ändern. Dann wird sie so sein, wie ich sie gesehen habe", antwortet Louisa fest.

„Heißt das, dass wir noch was tun können, um das zu verhindern?",fragt Mia.

„Ja. genau das heißt es! Die Zukunft hat noch eine Chance, die wir nicht verpennen dürfen."

„Aber wo sollen wir drei denn anfangen?"fragt Lilly.

„Es gibt viele Möglichkeiten die Dinge im Kleinen zu verbessern. Zum Beispiel Fair Trade Produkte kaufen, an denen die Menschen aus den Herstellungsländern auch was verdienen, Lebensmittel ohne Plastikverpackung, weniger einkaufen, dann müssen wir auch weniger wegwerfen."

„Du bist auf einmal total politisch drauf!" ‚findet Mia. „Korrekt,... du meinst politisch korrekt?, verbessert Lilly.

„Ja, oder so. Ich weiß jedenfalls im Moment nicht, worauf ich am leichtesten verzichten würde", überlegt Mia.

„Aber genau das ist es ja der Punkt: Es ist nicht leicht, es tut sogar richtig weh, auf Dinge zu verzichten die unser Leben angenehm, bequem oder einfach nur chic machen", erklärt Louisa , „und genau da hakt es bei uns, wir sind zu verwöhnt und zu bequem!" „Ja, aber wir leben heute, und ich alleine ...,'' „Verstehe, fällt Louisa Lilly ins Wort, „und die Kinder von Morgen, die haben kein ein Recht auf ein gutes Leben?? Nach mir die Sintfut?? Jeder von uns kann dazu beitragen, dass sie auch ein gutes Leben haben können. Wir müssen die Dinge einfach mehr hinterfragen, und ja..., wir müssen nicht nur reden, sondern auch handeln! Wir leben so verdammt verantwortungslos!", regt sie sich auf.

Die Mädchen schauen sich betroffen an. Louisa spürt, dass sie sich in Rage geredet hat. Sie muss vorsichtiger sein, sonst vergrault sie sich die Freundinnen. Eine Frage möchte sie jedoch noch stellen. „Das

Wichtigste, was ist das Wichtigste für euch, was möchtet ihr auf gar keinen Fall missen?"

Lilly schaut Mia an, und fast gleichzeitig kommt die Antwort: „Auf die Familie und auf die Freundschaft."

„Genau das wollte ich von euch hören!", antwortet Louisa erleichtert.

Fast unbemerkt hat der Himmel dichtgemacht. Dicke dunkle Gewitterwolken verheißen nichts Gutes. Der Sturm kommt buchstäblich aus dem Nichts und fegt Becher und Flasche vom Tisch. Ein greller Blitz, und das ohrenbetäubende Krachen des Donners lässt die Mädchen in die Hütte flüchten. Gerade als sie die Türe geschlossen haben, kracht es schon wieder. Lilly steht am Fenster und schreit: „Die lange Fichte, sie ist umgestürzt, sie liegt direkt vor der Hütte!" „Oh Gott, was wird das hier?" Fragt Mia ängstlich. Dann scheint der Himmel seine Schleusen zu öffnen. Es gießt wie aus Eimern. Der Sturm peitscht den Regen gegen die Fensterscheibe. Die Mädchen kauern sich dicht beieinander auf den Fußboden. Der Regen verwandelt sich in dicke Hagelkörner, die geräuschvoll aufs Dach prasseln. Es blitzt und kracht jetzt Schlag auf

Schlag. „So ein Unwetter hab ich noch nie erlebt", gesteht Lilly geschockt.

Nach einer halben Stunde ist alles vorbei. Die Wolken ziehen ihrer Wege und mit ihnen auch der Regen. Nur in der Ferne hören sie das dumpfe Grollen des Gewitters noch. „Lasst uns heim, ich hab keine Lust mehr hier zu sein", sagt Mia. Wortlos packen sie ihre Sachen und schließen die Hütte ab. Der Sturm hat noch zwei weitere Bäume umgelegt. Die Zerstörung ist beängstigend. Hagel liegt zentimeterhoch und bedeckt den Waldboden. Alles ist weiß. Mit gesenkten Köpfen, in denen die Gedanken schwer wiegen, machen sie sich auf den Heimweg.

Oliver hat den Wagen aus der Garage geholt und bietet den Freundinnen an, sie heimzufahren. Der Abschied ist heute ohne große Worte, das fällt sogar ihm auf. „Hat das Gewitter euch die Sprache verschlagen?" „Ja, schon", antwortet Lilly, „wir hatten Glück, eine Fichte ist direkt vor die Hütte gestürzt." „Und zwei weitere sind oberhalb der Hütte umgefallen" , ergänzt Mia.

„Ach du liebe Güte, dann habt ihr hoffentlich in der Hütte Schutz gefunden? Das erklärt natürlich eure Schweigsamkeit, ich werde Opa Bescheid geben, dass wir oben aufräumen müssen." Louisa entschuldigt sich mit Kopfschmerzen und geht in ihr Zimmer. Sie duscht, schlüpft in ihren Lieblings Schlafanzug und kuschelt sich unter die Bettdecke. Obwohl es draußen schwül warm ist, fröstelt sie. Sie fühlt sich erschöpft, möchte schlafen. Doch ihre Gedanken sind bei den Freundinnen. ›Ich werde sie fragen!‹, entschließt sie sich.

›Sie werden weitere Fragen stellen, und ich muss Antworten haben! Ich muss unbedingt zu Conrad‹, denkt sie.

Sie nimmt das Buch und betrachtet es eine Weile versonnen. Wie selbstverständlich ergreift ihre Hand den Stein an dem Halsband.

„Alles ist gut", flüstert sie. Dann schlägt sie das Buch auf.

Die vierte Reise

Sie trifft Conrad im Wohnzimmer, wo er scheinbar noch genauso sitzt, als ob er sich nicht von der Stelle bewegt hätte. Er begrüßt sie knapp und bittet sie Platz zu nehmen. Er scheint sehr beunruhigt zu sein, nimmt sich keine Zeit zu fragen, wie es ihr geht. „Du hasst mit deinen Freundinnen über uns gesprochen?", beginnt er. Louisa ist irritiert.

„Woher weißt du ...? War das ein Fehler?"

„Nein! Vor mir kannst du nichts verbergen. Wir müssen handeln, Louisa", sagt er ohne Umschweife. „Wir dürfen keine mehr Zeit verlieren, offenbar ist die GH dahinter gekommen, dass wir uns Hilfe aus der Vergangenheit geholt haben. Sie werden alles versuchen, zu verhindern, was unsere Kinder noch retten kann Sie werden unseren Plan zerstören, ehe er umgesetzt ist!" „Oh Gott, Conrad, was sollen wir tun?"

„Bitte entschuldige, dass ich so aufgeregt bin, Louisa, aber wir sind so kurz davor, die Geschicke der Zukunft in die richtige Richtung zu lenken, es darf einfach nicht nicht passieren, das jetzt noch etwas es schief geht."

„Wo finden wir die Kinder denn, Conrad, sag mir endlich wo sie sind!" Louisa ist völlig verzweifelt.

„Diese Wohnung hat viele Türen", antwortet Conrad, der immer noch gebeugt in seinem Sessel sitzt abwesend.

„Aber wenn sie hinter einer dieser Türen sind", ruft sie aufgebracht, „warum gehen wir nicht einfach hin?"

Noch ehe Conrad sich zu ihr umgedreht hat, rennt Louisa durchs Zimmer und öffnet eine dunkle Tür. Ein eiskalter Wind erfasst sie und schleudert sie zurück ins Zimmer. Conrads Schrei ist verzweifelt und gleichzeitig so voller Traurigkeit, dass Louisa das Blut in den Adern stockt.

„Oh Gott! ..., Louisa, nein!!!" Es ist zu spät! Louisa erblickt eine tote Welt, einen kalten Stern. „Verdammt..., nein..., was ist dass?? Conrad, bitte sag mir, was das ist?" Sie zittert am ganzen Körper. Ihr ist schwindlig, obwohl sie auf dem Boden sitzt. Mit größter Anstrengung gelingt es Conrad die Türe zu schließen. „Das, Louisa wird passieren, wenn wir es nicht schaffen, unsere Mission zu erfüllen!", antwortet er erschöpft. Sie sieht den alten Mann an, der nur noch ein Schatten seiner selbst zu sein scheint und geht auf ihn zu.

Louisa fühlt plötzlich eine wunderbare Kraft in sich, und eine unglaubliche Liebe für den Menschen, der so völlig zusammengesunken in seinem Sessel sitzt. Sie kniet sich vor ihn und küsst seine zitternden Hände. „Alles wird gut, Conrad, hörst du? Es wird so sein, wie wir es uns erträumen, wir werden es schaffen, ich verspreche es dir!", redet sie auf ihn ein. Eigentlich weiß sie ganz und gar nicht was sie tun muss, und ob sie ihr Versprechen halten kann. Aber eins weiß sie ganz sicher, dass man die Hoffnung niemals aufgeben soll, bevor man nicht alles versucht hat.

„Geh ...,geh zurück Louisa, in deine Welt", antwortet er matt, „bevor es nicht mehr möglich ist!"

„Ich lasse mich jetzt nicht einfach abservieren, ich hab dir ein Versprechen gegeben!", antwortet sie trotzig. „Wie viel Zeit bleibt uns noch, Conrad?" Sie schüttelt ihn an den Schultern. Conrad sag mir, wie viel Zeit??", ruft sie ihn aus seiner Lethargie zurück. „Ein paar Stunden vielleicht, mehr nicht", antwortet er matt. „Okay, ich bin dann mal weg! Keine Angst ich komme rechtzeitig wieder!" ›Jedenfalls versuche ich mein Bestes‹, denkt sie. „Warte hier auf mich Conrad ..., bis später!" Als sie durch den grünen Wabbel springt, landet sie seltsamerweise ziemlich wach auf ihrem Bett. Sie greift zum Handy und erreicht Mia auf Anhieb.

„Ich brauche eure Hilfe, Mia!! ›Jetzt wird es sich zeigen, ob unsere Freundschaft echt und verlässlich ist‹ , denkt sie.

„Um was geht es?" ‚fragt Mia müde, offenbar hatte sie geschlafen.

„Um nichts weniger als die Zukunft!" ‚erklärt Louisa unumwunden.

„Was jetzt, jetzt sofort?" „Ja!" antwortet Louisa bestimmt, „sofort, in fünfzehn Minuten bei mir!" „Yepp!" Ich bin schon unterwegs ..., und um Lilly kümmere ich mich auch!", kommt die hoffnungsvolle Antwort.

„Mia?" „Ja?" „Danke!" „Wofür?" „Ganz einfach weil es dich gibt! Beeilt euch,... bis gleich!" Tatsächlich stehen Mia und Lilly eine viertel Stunde später vor der Haustüre. Louisa hält sich den Zeigefinger vor die Lippen „Pssst, seid leise flüstert sie." Erst in ihrem Zimmer erklärt sie ihnen die brenzlige Lage. „Müssen wir irgendwas mitnehmen?", fragt Lilly. „Ich denke nein, ich hab noch nie was mitgenommen, oder warte, ich stecke mir noch ein paar Luftballons ein."

„Wofür das denn?", will Mia wissen. „Keine Ahnung, nur so eine Idee, ich glaube, die sind unten in Mamas Bastelschublade, ich hol sie schnell." Die Mädchen schauen ihr irritiert hinterher. „Ob sie Schiss hat?" „Vielleicht will sie ihre Familie nochmal sehen, und es ist schlimmer, als sie zugibt?" „Trotzdem, wir lassen sie nicht im Stich", sagt Lilly, und Mia nickt zustimmend. Auch Gustav scheint die Anspannung der Mädchen zu spüren. Unbemerkt ist er durch die halb offene Türe ins Zimmer gekommen, und verdrückt sich abwartend in einer Ecke hinterm Bett. Als Louisa zurück kommt, gibt den beiden eine Hand voll bunter Ballons.

„So!", sagt sie fest, „ es ist soweit! Die Zukunft braucht uns, also lassen wir sie nicht warten! Setzt euch zu mir auf den Teppich!" Sie holt das Buch aus der Schublade und legt es in die Mitte. „Bei „*Drei*" legen wir unsere Hände auf das Buch und schauen auf die geöffnete Seite", fordert sie die Mädchen auf. „Hä? Wie jetzt, mehr nicht?" ,fragt Lilly irritiert.

„Hast du ein Raumschiff erwartet?", foppt Louisa. „Also, seid ihr bereit?" „JA!!" „Dann los: Eins, zwei, drei!"

Gerade noch rechtzeitig springt Gustav aus der Deckung und läuft auf Louisa zu. Er wittert Gefahr!

Die blaue Tür.

„Gustav, du Guter, wie kommst du denn hierher?", staunt Louisa.

Conrad sitzt zusammengesunken in seinem Sessel. Als Louisa ihn

anspricht, erschreckt er. Mit müden Augen schaut er auf die

Delegation aus der Vergangenheit, drei Mädchen ..., und ein Hund?!

Mühsam rappelt er sich auf. Seine Augen glänzen wie im Fieber.

Doch dann kommt langsam Leben in den alten Mann. Dankbar

umarmt er Louisa, begrüßt die Mädchen und streicht dem Hund

über den Kopf. „So lasst uns keine Zeit verlieren Kinder, seid ihr

bereit für den letzten Schritt den allerletzten Schritt??",fragt er ernst.

„Klar, deshalb sind wir hier Conrad, bitte zeig uns jetzt den Weg!",

bittet Louisa ihn.

„Gut! ..., es ist die blaue Türe! Sie führt zu unseren Kindern. Fasst

euch an den Händen, wenn ihr hindurch geht. Ich nehme Gustav auf

den Arm", weist er die Mädchen an. Gustav scheint Vertrauen zu haben und lässt sich ohne zu knurren, von Conrad tragen. Conrad geht voran. Für einen kurzen Moment verschwindet er aus dem Blickfeld der Mädchen, dann folgen sie ihm. Es gibt kein Zurück mehr, und es ist ein Weg ins Ungewisse.

Das Haus, das sie hinter der blauen Tür erwartet, gleicht eher einer mittelalterlichen Festung. Dunkle hohe Mauern umgeben das Gebäude. Sie stehen in einem Atrium.

Der Boden ist zubetoniert, kein grüner Halm bricht sich hindurch. Conrad führt die kleine Gruppe zu einem düsteren Portal. „Ist das ein Gefängnis?", flüstert Mia. Der Anblick lässt sie frösteln. „Nein Mia" , antwortet Conrad traurig, das ist ein Heim für unerwünschte Kinder!" Er öffnet das Tor und führt sie in die Eingangshalle. Es ist totenstill. Nur ihre Schritte hallen gespenstisch in den Raum. „Warum ist es hier so verdammt still?" , fragt Lilly verstört, „und wo sind die Kinder? Halten die Mittagsschlaf?" Gustav, der mittlerweile neben Conrad herläuft, schnüffelt auf dem Boden. Vor einer der Klassentüren bleibt er stehen und winselt. „Da werden sie drin sein" ,vermutet Conrad. Vorsichtig drückt er die Klinke herunter und öffnet sie einen Spaltbreit. Er schaut die drei Mädchen erleichtert an und öffnet die Türe.

„Da ist ja Miranda!", ruft Louisa überrascht. Miranda kommt auf sie zu. „Ich habe gewusst, das du es schaffst, Louisa!", sagt sie glücklich und nimmt sie liebevoll in die Arme.

Dann wendet sie sich an die Kinder der Klasse.

„Liebe Kinder", beginnt sie feierlich, „das ist Louisa! Sie kommt aus einer Zeit, die längst Vergangenheit ist, um etwas zu bringen, dass uns verloren ging: Die Hoffnung auf eine bessere Welt! Louisa hat sich auf ein Abenteuer eingelassen", fährt Miranda ihre Ansprache fort, „nicht weil sie leichtsinnig ist, sondern weil sie gespürt hat, das sie gebraucht wird. Sie hat aufmerksam zugehört, als Conrad ihr von den Problemen der Zukunft erzählte. Sie hat sich damit beschäftigt. Sie hat sich entschlossen, in diese ungewisse Zukunft zu reisen, um uns zu helfen. Louisa hat Mut und Verantwortung bewiesen. Ich weiß, dass sie, und die Menschen, die mit ihr gekommen sind, bereit sind, in ihrer eigenen Lebenszeit die Dinge der Welt neu zu überdenken. Füreinander da sein, gemeinsam für die gute Sache zu kämpfen, ist unser Ziel. Louisa hat die Hoffnung zurückgebracht. Hat uns gezeigt, was geht, wenn man denkt, es geht nichts mehr."

Erst jetzt schaut Louisa sich den Raum genauer an. Die Kinder sitzen mit staunenden Blicken auf ihren Stühlen. Blass, uniformiert, freudlos! Es sind weniger als Hundert, schätzt sie. Alles wirkt irgendwie erstarrt. Einen Moment lang ist es so still, als ob niemand mehr atmet. Plötzlich steht ein Junge von seinem Stuhl auf, und klatscht verhalten in die Hände. Langsam steht ein Kind nach dem anderen auf und tut es ihm gleich. Das Klatschen wird rhythmisch und lauter. Louisa spürt, wie sich die Spannung löst. Auch Gustav hat das Bedürfnis sich mit zu freuen, und bellt schwanzwedelnd dazu. Es fühlt sich an, als wäre ein Damm gebrochen. Eine Welle des Glücks und der Sympathie breitet sich aus, wie eine wärmende Decke.

Als Miranda ihre Hand hebt, kehrt augenblicklich Ruhe ein. Die Kinder schauen sie aufmerksam an.

„Mit deiner Hilfe, Louisa haben wir es geschafft eine Brücke von der Vergangenheit in die Zukunft zu bauen. Über diese Brücke ist die

Hoffnung auf Menschlichkeit zu uns gekommen. Nun liegt es an uns allen, Schritt für Schritt die Geschichte der Zukunft neu zu gestalten, in der das Kinderlachen wieder laut und fröhlich sein wird. Wir werden nie perfekt sein, auch das gehört zum Menschsein. Aber wir haben gelernt und verstanden, dass Vergangenheit und Zukunft untrennbar miteinander verknüpft sind. Die Zukunft wird in der Vergangenheit geschmiedet, und was in der Vergangenheit gesät wird, wird die Zukunft ernten. Lasst uns achtsamer mit uns, und unserem Planeten umgehen, denn es gibt keinen besseren Ort zum Leben. Es ist höchste Zeit aber noch ist es nicht zu spät!

„Louisa, was ist das hier, wo sind wir?", fragt Oliver plötzlich, der mit Anne Dore ebenfalls in der Klasse steht.

„Dad, Mama", ruft Louisa und umarmt die beiden stürmisch. Wieso seid ihr hier?" Oliver schaut verwirrt in die Runde. „Ich denke, die Frage könntest du uns besser beantworten, ich jedenfalls hab nicht die leiseste Ahnung!" „Wir haben uns Sorgen gemacht!, erklärt Anne Dore, „ihr drei lagt schlafend mit Gustav auf dem Fußboden. Ich hab versucht euch zu aufzuwecken. Und jetzt sind wir plötzlich hier!?"

„Ich erklär's euch später", antwortet Louisa, „vertraut mir einfach, alles wird gut!" „Kannst du uns wenigstens sagen, wo wir sind und was das für Leute sind?", flüstert Oliver.

„Ich glaube, es ist wirklich besser, dass zu Hause zu klären", lächelt Anne Dore unsicher. „Da hast du recht Mama, viel besser!!" Louisa stupst ihre Freundinnen an, und zieht den ersten Luftballon aus ihrer Jeans. Sie pustet ihn auf, und schickt ihn auf die Reise zu den staunenden Kindern, die sich zum ersten Mal in ihrem Leben an etwas so Banalem erfreuen können. Auch Lilly und Mia pusten um die Wette. Im Nu verwandelt sich der Raum in ein buntes fröhliches Miteinander lachender und spielender Kinder. Was für ein glücklicher Moment! Wie sehr hatte Conrad sich danach gesehnt, die Kinder so fröhlich und ausgelassen zu sehen. Verstohlen wischt er sich Tränen aus den Augen.

„Danke Louisa, wir danken dir und den Menschen, die dich unterstützt haben. Es war für dich eine enorm schwierige Zeit, in der du die Probleme der Welt erfahren hast. Für ein Mädchen in deinem Alter unglaublich belastend! Das wir dir das zugemutet haben, bedauern wir sehr. Doch Miranda hatte recht: Du warst die Richtige. Du hast die schwierige Mission erfüllt, Louisa! Hast alles richtig gemacht!"

„Du sollst wissen", meldet sich Miranda zu Wort, „dass du nicht alleine warst, ich war immer in deiner Nähe."

Gustav bellt, schließlich hat auch er immer auf Louisa aufgepasst! Louisa versteht was er meint, und gibt ihm seine verdienten Streicheleinheiten.

„Na ja",antwortet Louisa verlegen, „ich muss danke sagen, dafür, dass Conrad mir die Augen geöffnet hat, für alles, was in unserer Welt falsch läuft, und ich würde mich echt freuen, wenn wir es gemeinsam schaffen in die richtige Richtung gehen, und die Kurve noch kriegen. Ich jedenfalls werde meinen Teil dazu beitragen! Ich will, dass die Menschen einander achten und respektieren, und das wir *ALLES*, was lebt und wächst ebenso behandeln, wie wir selbst behandelt werden möchten. Durch euch habe ich begriffen, das jeder Mensch, ob groß oder klein, etwas zum Guten verändern kann. Dafür bin ich dankbar."

Oliver schaut seine Tochter voller Stolz an. ›Mein kluges Mädchen‹, denkt er sichtlich gerührt. Louisa und schaut Miranda fragend an. „Werden wir je erfahren, ob es euch gut geht?" Mirandas Lächeln ist weise, „Was du getan, und was du gesagt hast, ist die Antwort auf deine Frage, Louisa!"

Conrad räuspert sich. „Es an der Zeit Abschied zu nehmen", mahnt er, „ihr müsst zurück, ehe sich das Zeitfenster für immer schließt!" Er umarmt Louisa lange und herzlich. „Danke für dein Vertrauen und deine Hilfe, Louisa. Es wird nicht umsonst sein, denn es wird dein eigenes Leben bereichern und wertvoll machen. Und auch einzigartig, weil du die Zukunft positiv verändert hast! Auch euch danken wir sehr, das ihr uns bewiesen habt, was die Liebe der Familie und die Freundschaft bedeuten, wie wichtig sie im Leben sind", wendet er sich auch an Lilly, Mia und Louisas Eltern. „Glaubt mir", sagt er zum Abschied ernst, „es gab niemals eine wichtigere Mission als diese!" Miranda küsst Louisa sanft auf die Stirn und legt die Hand auf ihren Kopf, ein warmes, Gefühl durchflutet Louisas Körper. „Das Buch, Louisa, wird dein Tagebuch sein, in das du deine

Träume schreiben wirst." Louisa versteht, dass sie nicht wiederkommen wird, in diese Zeit, dass es ein Abschied ohne Wiederkehr ist. Irgendwie fühlt sie sich frei und sehr glücklich.

Sie folgen Conrad zum Portal. Oliver nimmt Gustav vorsichtshalber auf den Arm. Als Conrad an das alte hölzerne Tor klopft, öffnet sich die Tür zur Vergangenheit. Ein letztes Mal dreht Louisa sich um, und sieht, wie Conrad für immer im Nebel der Zukunft verschwindet.

Zurück in der Gegenwart

Louisa wacht langsam auf, sie fühlt sich sonderbar benommen.
Gustav hat sich auf ihrem Bett ausgebreitet, die Vorderpfote auf
ihrem Arm gelegt, der sich taub anfühlt. Anne Dore steht an der
Zimmertüre.

„Was ist los, Louisa du verschläfst ja den ganzen Vormittag. Hast du
mein Klopfen nicht gehört?" „Hast du geklopft, Mama?", fragt
Louisa verwirrt. „Ja, wer sonst?", lacht Anne Dore. „Wir wollten zum
Flohmarkt, hast du das vergessen?" „Zum Flohmarkt? Aber ich ...,"
„Hast du keine Lust mehr mitzugehen?" Fragt Anne Dore
enttäuscht. „Nein ..., doch ..., sicher, es ist nur ..., stottert Louisa
irritiert". Anne Dore setzt sich ans Bett ihrer Tochter und streicht
ihr das verschwitzte Haar aus der Stirn. Hey, du wirst doch nicht
krank?", fragt sie besorgt. „Nein, Mama, es mir geht gut" , antwortet

Louisa müde, „ich glaube, ich hab geträumt, Mama, es war nur ein Traum." „Nur ein Traum Louisa? Ist alles in Ordnung mit dir?", hakt Anne Dore nach.

„Hmmm.., ja ..., ich bin noch nicht ganz wach, komme gleich runter, Mama. Ich geh nur kurz ins Bad, mache mich frisch, dann können wir gehn", antwortet Louisa. Sie muss sich erst sortieren. Zu sehr hält sie dieser sonderbare Traum gefangen.

„War es „nur" ein Traum??", denkt sie. Es schien alles so real. Sie zwingt sich, aufzustehen, geht sie ins Bad und erfrischt sich mit eiskaltem Wasser. Dann geht sie mit ihrer Mutter zum Flohmarkt.

Déjà-vu

Anne Dore bleibt an vielen Ständen stehen, schaut sich alles in Ruhe an, feilscht um Preise und kauft den Händlern hier und da etwas ab. Sie trifft Bekannte, nimmt sich Zeit für ein Schwätzchen. Bald ist es Louisa langweilig. Sie geht weiter zum nächsten Stand. Eine Frau sitzt unter einer Art Baldachin und bietet Bücher an. Louisa kramt in ihrem Angebot und findet ein wunderschönes Tagebuch. Der esoterisch anmutende Umschlag fasziniert sie. Sie kauft das Buch, die Verkäuferin mit den strahlend blauen Augen lächelt ihr freundlich zu. Louisa steckt das Buch in ihre Umhängetasche und schaut sich nach ihrer Mutter um. Anne Dore steht an einem Schmuckstand und winkt ihr zu. „Schau dir die schönen Schmucksteine an Louisa, möchtest du dir einen davon aussuchen?" Louisa betrachtet die vielen Steine, die auf einer Samt Decke ausgebreitet liegen. Ihr Blick bleibt wie gebannt an einem grünen ovalen Stein in der Mitte der Auslage hängen. „Das ist er", sagt sie spontan, den möchte ich gerne haben!"

„Du hast eine gute Wahl getroffen", sagt die Frau am Schmuckstand.

„Es ist ein ganz besonderer Stein, man sagt in der Mythologie,

dass ..." „Der Malachit das Herz und die Lebensfreude stärkt" ,

vollendet Louisa die Erklärung der Verkäuferin. „Es heißt, das er den

, der ihn trägt beschützt, und ihn mit Liebe und Gesundheit segnet."

„Das hast du aber schön gesagt, du scheinst dich bestens

auszukennen", antwortet die Verkäuferin erstaunt."

Für einen Moment hat Louisa das Gefühl, sich wieder im Traum zu

befinden, Anne Dore kauft ein passendes Lederband, und bezahlt

den Schmuck. „Na, dann kann ja nichts mehr schief gehen",

kommentiert sie fröhlich!"

Sie legt ihrer Tochter den Schmuck um den Hals. Unwillkürlich

greift Louisa zum Stein und betrachtet ihn. Ein Gefühl von Glück

und Geborgenheit durchströmt sie.

„Danke Mama, ich hab dich lieb", flüstert Louisa. „Ich liebe dich

auch, mein Schatz", antwortet Anne Dore gerührt. Komm, lass uns deinen Geburtstag feiern, Die Gäste sind sicher schon auf dem Weg."

„Mama?",

„ Ja, Louisa?"

„Kneifst du mich bitte mal?"

„Warum denn so was??"

„Ach, manchmal denke ich, dass ich alles nur träume!"

„Und, ist es ein guter Traum? "

„Ja, solange die Menschen bei mir sind, die ich liebe, ist es ein schöner Traum, aber das richtige Leben ist noch viel, viel besser", lacht Louisa glücklich.

...und die Welt wird so sein,

wie die Kinder, die auf ihr leben,

fröhlich, ehrlich, friedlich, gütig, vielfältig bunt,

und voller Respekt vor Mensch und Natur,

...einfach lebenswert.

Ihr müsst nur heute schon damit beginnen.

Ich danke zwei wunderbaren Menschen,

meiner Schwester Gabi Dicke,

und meinem Mann Willi,

die mich mit Rat und Tat, Liebe und Geduld,

unterstützt haben.